Obras publicadas pela Editora Record:

Formaturas Infernais
Amores Infernais
Beijos Infernais

Beijos Infernais

**Kristin Cast · Francesca Lia Block
Alyson Noël · Richelle Mead
Kelley Armstrong**

Tradução de
Flávia Neves

Rio de Janeiro | 2011

CIP-BRASIL. CATALOGAÇÃO-NA-FONTE
SINDICATO NACIONAL DOS EDITORES DE LIVROS, RJ.

B366

Beijos infernais / Kristin Cast... [et al.], [tradução Flávia Neves]. –
Rio de Janeiro: Galera Record, 2011.

Tradução de: Kisses from hell
Luz do Sol / Richelle Mead – Ressuscita-me / Alyson Noël –
Acima / Kristin Cast – Caçando Kat / Kelley Armstrong –
Lilith / Francesca Lia Block
ISBN 978-85-01-09541-1

1. Conto juvenil americano. I. Neves, Flávia. II. Título.

11-3892

CDD: 028.5
CDU: 087.5

Título original em inglês:
Kisses from hell

"Luz do Sol" copyright © 2010 by Richelle Mead
"Ressuscita-me" copyright © 2010 by Alyson Noël
"Acima" copyright © 2010 by Kristin Cast
"Caçando Kat" copyright © 2010 by Kelley Armstrong
"Lilith" copyright © 2010 by Francesca Lia Block

Publicado mediante acordo com *HarperCollins Children's Books*,
uma divisão de HarperCollins Publishers.

Texto revisado segundo o novo Acordo Ortográfico da Língua Portuguesa.

Todos os direitos reservados.
Proibida a reprodução, no todo ou
em parte, através de quaisquer meios.

Design de capa: Sergio Campante
Arte dos bonecos: Regina Tavares
Composição de miolo: Abreu's System

Direitos exclusivos de publicação em língua portuguesa
somente para o Brasil adquiridos pela
EDITORA RECORD LTDA.
Rua Argentina, 171 – Rio de Janeiro, RJ – 20921-380 – Tel.: 2585-2000,
que se reserva a propriedade literária desta tradução

Impresso no Brasil

ISBN 978-85-01-09541-1

Seja um leitor preferencial Record.
Cadastre-se e receba informações sobre
nossos lançamentos e nossas promoções.

Atendimento e venda direta ao leitor:
mdireto@record.com.br ou (21) 2585-2002.

Luz do Sol
RICHELLE MEAD
7

Ressuscita-me
ALYSON NOËL
73

Acima
KRISTIN CAST
139

Caçando Kat
KELLEY ARMSTRONG
181

Lilith
FRANCESCA LIA BLOCK
243

Luz do Sol

RICHELLE MEAD

Um

Emma não era a primeira namorada de Eric Dragomir. E provavelmente não seria a última.

Claro, a segunda afirmação ignorava o desejo do pai de Eric. Na opinião do velho Frederick Dragomir, Eric e Emma já deveriam estar casados. Foi de se estranhar, pensou Eric amargamente, que o pai não houvesse simplesmente planejado o casamento para o mesmo dia da formatura do ensino médio deles.

— Qual é o problema? Quantas garotas mais você quer ter? — tinha o repreendido Frederick na última conversa. — Ela é de boa família. Bonita. Inteligente. Boa o bastante. O que mais você quer? Sei que acha que é jovem demais, mas o tempo está se esgotando! Já não resta quase nenhum de nós.

Em pé numa praia chilena que parecia estar a anos-luz de Montana, observando as estrelas cintilarem no céu de cor púrpura intensa, Eric se perguntava se esse era o motivo que havia encorajado os pais a se casarem. Medo de que a linhagem fosse extinta. Nunca havia pensado muito na relação dos dois. Eram apenas seus pais. Existiam. Sempre estariam juntos. Sempre estariam por perto. Nunca havia dado importância a esse fato e nem levado em consideração os sentimentos mais íntimos que o casamento dos pais envolvia. Ele se deu conta, agora que a mãe havia partido, de que realmente não havia dedicado tempo para conhecê-los melhor. Era tarde demais e, ultimamente, com toda a pressão para que se casasse, sem dúvida já não estava interessado em saber mais sobre o pai.

Emma apareceu de repente, como uma aparição, enroscando o braço no dele.

— Que bom que o sol já se pôs, não acha? Aquela luz estava literalmente me matando.

Eric não se deu ao trabalho de corrigir o uso indevido de "literalmente". Ou de lhe dizer que não se importava com o sol, ainda que muita exposição irritasse sua espécie. Na verdade, sempre lamentou um pouco que eles — sendo vampiros vivos — não pudessem lidar muito bem com a luz. Às vezes fantasiava estar deitado à beira de uma piscina, embalado pelo abraço dourado do sol.

Em vez disso, apenas sorriu para Emma, fitando seus profundos olhos azul-violeta de cílios longos e os cabelos castanho-escuros minuciosamente trançados. Os olhos e os cabelos contrastavam intensamente com a pele pálida como porcelana que todos os Morois tinham. Esses traços combinados com o formato de coração do rosto e as maçãs do rosto salientes faziam com que muitos caras parassem para admirar Emma Drozdov — inclusive Eric.

Você está errado mais uma vez, pai, pensou Eric. *Ela não é bonita, é de tirar o fôlego.*

Talvez sossegar com Emma não fosse má ideia, afinal. Sempre se divertiam juntos, e o pai tinha razão quanto a ela ser gente boa e inteligente. Ela também havia demonstrado — em mais de uma ocasião — criatividade e disposição para certas atividades físicas. A vida com ela nunca seria entediante, e Eric suspeitava que Emma estivesse tão ansiosa quanto o pai por um anel de noivado.

— Ei — disse ela, dando-lhe uma cotovelada de leve.

— O que foi? Por que está tão sério?

Ele tentou achar uma resposta que não revelasse o verdadeiro motivo do mau humor — ou sua indecisão sobre o relacionamento dos dois. O que mais o pai havia dito da última vez? *Você não pode esperar para sempre. E se algo lhe acontecer? O que será de nós, então?*

— Só estou irritado com a demora do barco — disse Eric, finalmente, afugentando a lembrança da voz queixosa do pai. — Era para termos ido embora antes do pôr do sol.

— Eu sei — concordou Emma, e seus olhos examinaram a área. Ao redor, estavam os outros colegas da turma; bem, a *elite* dela. Estavam de bobeira, conversando e esperando ansiosamente para embarcar no iate que os levaria ao que supostamente seria a festa do ano.

— Estão demorando uma eternidade.

— A tripulação tem que abastecer com suprimentos — lembrou Eric.

O barco estava atracado havia algum tempo no píer, enquanto comida e bagagens eram embarcados. Aparentando cansaço, os alimentadores — humanos que voluntariamente forneciam sangue para os vampiros Morois — agora caminhavam pelo píer em direção ao barco. Sinceramente, utilizar o iate apenas para transporte parecia um desperdício. Era recém-construído e, pelo que diziam, repleto de todos os tipos de acomodações luxuosas. Mesmo sob pouca luz, o barco reluzia, branco luminoso. Alguns até podiam achá-lo pequeno para um iate, mas ele poderia facilmente hospedar a turma toda por uma semana inteira de festa.

— Mesmo assim, era para termos partido há uma hora — disse Emma olhando para Jared Zeklos, um membro da realeza cujo pai era o responsável pelo fim de semana prolongado de comemorações. Ela deu um sorriso forçado, os caninos levemente à mostra sob o lábio vermelho e brilhante. — Jared estava tão convencido quando a festa foi anunciada. Agora todo mundo vai cair em cima dele.

Era verdade. Essa era uma realidade no círculo do qual faziam parte. Eric quase teve pena do garoto, que estava visivelmente constrangido pelos olhares irritados dos colegas de classe.

— Bem, tenho certeza de que não é sua...

Um grito interrompeu o burburinho e as risadas. Eric se virou bruscamente na direção de onde havia vindo o som, abraçando Emma de modo instintivo. A praia e o píer ficavam numa área um tanto deserta — como muitos territórios dos Morois —, acessível apenas por uma estrada de terra estreita que cortava uma mata praticamente intocada pelas mãos de homens ou de vampiros.

E, bem ali, na entrada da trilha, Eric viu o rosto dos seus pesadelos. Uma pessoa — não, uma criatura — investia contra uma menina de cabelos ruivos. A face da criatura era pálida, mas não como a palidez dos Morois. Era de uma lividez doentia, cor-de-giz. Eric mal conseguia acreditar, mas não tinha dúvidas: era um Strigoi, espécie de vampiros-zumbis que matavam aqueles de quem tiravam sangue. Não viviam e procriavam como os Morois. Eram criaturas bizarras que, ao perderem a vida, se transformavam em seres imortais e aterrorizantes. Um Moroi também podia fazer isso, por opção, se bebesse todo o sangue da vítima. Strigois também podiam ser criados à força, se um deles mordesse a vítima e depois lhe desse seu sangue Strigoi para beber. Enfim, não importava a forma como eram feitos. Os Strigois eram letais, sem nenhuma consciência de suas vidas anteriores. A palidez do rosto lembrava morte e decomposição, e, Eric conhecia isso de perto, as pupilas do Strigoi possuíam contornos avermelhados.

Com um rosnado, o Strigoi mirou os caninos no pescoço da garota, movendo-se com uma rapidez que parecia fisicamente impossível. Durante toda a vida, Eric estudou sobre os Strigois, mas nada teria sido capaz de prepará-lo para o momento real. Aparentemente Emma também não estava preparada, a julgar pela força com que se agarrava a Eric e cravava as unhas em seus braços. Mais gritaria tomou conta do ambiente, e Eric avistou outro Strigoi saltando das sombras e se aproximando dos formandos Morois. O grupo entrou em pânico e, como seria de se esperar entre pessoas encurraladas e assustadas, o caos se instalou. Parecia inevitável que todos seriam pisoteados.

E então, quase tão repentinamente quanto o surgimento dos Strigois, outras criaturas emergiram da multidão. As roupas eram parecidas com as que os colegas de turma de Eric vestiam, mas não havia forma de confundi-los com os Morois. Eram dhampirs — guardiões, para ser mais preciso —, os guerreiros, metade humanos, metade vampiros, que zelavam pelos Morois. Mais baixos e mais musculosos do que os vampiros que protegiam, os guardiões eram treinados para terem reflexos tão bons quanto os dos Strigois. Havia cerca de uma dúzia de guardiões na praia e apenas dois Strigois. Os guardiões não perderam tempo em tirar proveito da situação.

A cena não durou mais do que alguns segundos, e ainda assim Eric parecia assistir a tudo em câmera lenta. Os guardiões — que antes estavam dispersos pelo grupo — se espalharam e foram atrás de cada Strigoi. O que atacava a menina ruiva foi arremessado para longe e, antes que pudesse fazer mais estragos, recebeu uma estacada. O outro foi abatido antes mesmo de pensar em atacar alguma vítima.

Foram necessários alguns minutos para que o grupo se acalmasse e percebesse que já estava fora de perigo. Uma grande comemoração foi feita quando se deram conta do que houve, mas pouco depois foi como se nada tivesse acontecido. Alguns guardiões arrastaram os corpos dos Strigois para serem queimados enquanto o restante começou a gritar que os Morois deveriam embarcar *imediatamente*. Reunindo-se aos demais, como parte de um rebanho, Eric caminhou atônito em direção ao píer, ainda tentando processar o que havia acontecido.

Apesar da comemoração, alguns colegas de turma tinham no rosto expressões que refletiam o que Eric sentia. Esses eram Morois que já haviam esbarrado com Strigois ou que pelo menos tinham uma noção do perigo. O restante do grupo havia passado boa parte da vida na segurança de sua escola bem-protegida, e nunca tinha visto um Strigoi. Claro, cresceram ouvindo as histórias, mas, infelizmente, o fato de terem se livrado rapidamente das duas criaturas diminuiu o medo de algumas pessoas. O que era um erro, ingênuo e perigoso.

— Você viu aquilo? — exclamou Emma. Apesar do pavor inicial, ela também parecia ter baixado a guarda. — Aqueles Strigois apareceram e então *bum*! Os guardiões acabaram com eles! Onde eles estavam com a cabeça? Digo, os Strigois. Estavam totalmente em desvantagem.

Eric não a alertou para o óbvio: que os Strigois não se importavam com esse tipo de probabilidade... Principalmente porque, na metade dos casos, as probabilidades não importavam. Dois Strigois haviam sido o suficiente para massacrar sua mãe e o grupo com o qual estava, que incluía seis guardiões. Em várias situações, seis guardiões seriam mais do que o bastante. Para a mãe de Eric não foram, e ele ficou um pouco surpreso por Emma ter se deixado impressionar pelo sensacionalismo do evento e esquecido a história da família de Eric.

Desde a morte da mãe, ele tinha pesadelos constantes com Strigois; pesadelos sobre os quais ninguém jamais gostaria de ouvir. O fato das criaturas dos pesadelos não serem parecidas com as da realidade recente não fazia qualquer diferença. Por um instante, Eric mal conseguiu andar, tomado pela lembrança daquele rosto horrível e feroz. Teria sido assim com sua mãe? Havia sido atacada também de forma repentina e brutal? Sem avisos... apenas caninos rasgando seu pescoço... A colega de turma dele havia sido resgatada pouco antes dos dentes letais da criatura a tocarem. A mãe de Eric não tivera tanta sorte.

— Está todo mundo falando com Ashley — murmurou Emma ao embarcarem no iate, sinalizando com a cabeça a aglomeração de gente ao redor da quase vítima. — Quero saber como foi.

Terrível, pensou Eric. *Horripilante*. No entanto, Ashley parecia animadíssima com a atenção. E o restante do grupo estava ansioso e agitado — como se o ataque dos Strigois tivesse sido encenado como forma de diversão preliminar para a festa. Ele olhava em volta, perplexo. Como ninguém estava levando isso a sério? Os Strigois perseguiam os Morois havia séculos. Como ninguém se lembrava da morte da mãe de Eric — que tinha acontecido havia apenas seis meses? Como *Emma* não se lembrava disso? Ela não era uma pessoa cruel, mas Eric estava um pouco decepcionado com a indiferença da namorada em relação aos seus sentimentos depois da "excitação" do evento.

Talvez não devesse ficar tão surpreso. O próprio pai parecia se recordar muito pouco do passado. Todos achavam que já era hora de Eric acabar com o luto e seguir em frente. Com certeza, era o que o pai achava. Às vezes, Eric se perguntava se essa fixação do pai em casá-lo cedo era para substituir o verdadeiro luto. Frederick Dragomir estava obcecado em salvar sua linhagem real, agora reduzida a duas pessoas: pai e filho.

Emma sorriu para Eric com os olhos brilhando, iluminados pela luz da lua crescente. Subitamente lhe pareceram um pouco menos bonitos do que antes.

— Aquilo não foi uma loucura? — perguntou ela. — Mal posso esperar para ver o que vai acontecer!

Dois

Rhea Daniels não gostava de barcos. Sempre se perguntava se isso tinha alguma coisa a ver com o fato de saber dominar o fogo. Todos os Morois praticavam magia associada a um dos quatro elementos — terra, ar, água ou fogo. Aqueles que utilizavam a água adoravam nadar e passear de barco. Rhea não. O balanço — mesmo num barco grande como esse — a enjoava e lhe causava um medo recorrente de acabar caindo do barco e de afundar numa cova fria e escura.

Isso não a impediu de ficar bem próxima à borda de proteção nessa noite, longe das risadas dos outros que ainda comentavam sobre o ataque na praia. Não se incomodava com a solidão. Nem conhecia a maioria deles mesmo. Além disso, na área externa do iate ela recebia mais vento, e o ar fresco a ajudava a se sentir menos nauseada. No entanto, continuava a agarrar a barra de proteção com uma tensão que deixou seus dedos com câimbras. Com uma careta, olhou para frente, na direção de onde rumavam. Como qualquer vampiro, tinha excelente visão noturna e conseguia diferenciar a silhueta escura da ilha contrastando com o céu apinhado de estrelas. Na sua opinião, não estavam se movendo rápido o suficiente em direção à ilha.

— Suas mãos não estão doloridas?

A voz a assustou. Os Morois também tinham boa audição, mas o recém-chegado a pegou de surpresa. Olhou em volta e viu um rapaz olhando-a com curiosidade enquanto enfiava as mãos no bolso da calça cáqui. O vento estava fazendo uma verdadeira bagunça em seus cabelos louro-claros, mas ele não parecia notar. Aquela cor de cabelo era fascinante. Os cabelos de Rhea tinham um tom dourado suave, mas os dele eram de um platinado que, provavelmente, pareceriam brancos à luz do dia. Havia algo de majestoso nele, como se houvesse nascido e sido criado para ter poder e prestígio, mas tal descrição se aplicava a quase todos os presentes nessa viagem.

— Não — mentiu. O silêncio imperou. Rhea detestava o silêncio. Sempre sentia necessidade de inventar uma conversa, e agora se esforçava para encontrar algo para dizer. — Por que está aqui em cima? — disse ela, notando que suas palavras saíram de maneira áspera e ela estremecendo.

Ele lhe sorriu sutilmente. Tinha belos lábios, notou Rhea.

— Quer que eu vá embora? Esta parte do barco é propriedade sua?

— Não, não. Claro que não — disse ela, torcendo para que ele não visse o rubor em suas faces. — Só achei... quero dizer, só estranhei você não estar com os outros.

Ela achou que ele fosse fazer algum comentário provocador, mas, para sua surpresa, o sorriso sumiu do rosto do garoto. Deixou de fitá-la e olhou o mar. Enquanto isso ela observou as roupas dele. Não estava de smoking nem nada parecido, mas a calça e o suéter evidenciavam riqueza e status. Ela se sentiu constrangida com seu jeans. As palavras dele a trouxeram de volta de sua análise de moda.

— Acho que estou apenas cansado da história dos Strigois — disse ele finalmente. Sua voz carregava tensão. — Como se tivesse sido uma espécie de incrível atração à parte.

— Ah — disse ela, se virando para onde aquela garota (Ashley?) contava sua história pela centésima vez. Rhea já havia escutado trechos e a narrativa ficava cada vez mais elaborada. Nessa última versão, o Strigoi a jogou contra o chão e todos os guardiões tiveram que ir resgatá-la. Rhea voltou a atenção para sua estranha companhia. — É... não acho isso muito interessante; pelo menos não tanto quanto eles.

— Não acha? — perguntou, se virando para ela com os olhos arregalados, como se fosse a coisa mais estranha do mundo alguém não achar legal um ataque de Strigoi. Ela então viu que os olhos do garoto eram verde-jade, tão fascinantes quanto seus cabelos. Era um tom de verde lindo e raro, visto apenas em algumas famílias nobres. Os Dashkov eram uma delas, mas não se lembrava das outras.

— Claro que não — respondeu ela em tom de zombaria, torcendo para que seu olhar curioso e fixo não tivesse ficado evidente. — Não estariam tão animados se alguém tivesse se machucado de verdade. Quero dizer, caramba, eles não se lembram do ataque no início do ano em San Jose? Quando todas aquelas pessoas morreram?

O rapaz ficou imóvel, com os olhos ainda arregalados, e ela se arrependeu imediatamente do que disse. Será que ele conhecia uma das vítimas? Sentiu-se idiota e constrangida, repreendendo-se mentalmente por não pensar antes de falar.

— Desculpe... não devia ter...

— Você se lembra? — perguntou ele, ainda confuso.

— Lembro... Como poderia esquecer? Quero dizer... bem, não conhecia ninguém pessoalmente, mas todas aquelas pessoas... A maioria era Lazar, mas havia o lorde Szelsky... a esposa do príncipe Dragomir. Como se chamava?

— Alma — respondeu suavemente, ainda observando-a com curiosidade.

Rhea hesitou, sem saber bem quanto podia falar sobre o assunto. Agora tinha certeza de que ele conhecia uma das vítimas.

— Bem, foi horrível. Não consigo nem imaginar como deve estar a família deles...

— Foi seis meses atrás — disse ele, abruptamente.

Rhea franziu a testa, tentando decifrar o significado do comentário. Ele não estava sendo indiferente ou insinuando que seis meses era um longo período — o que, na opinião dela, não era. Ele falava aquilo como se quisesse testá-la, o que não fazia muito sentido.

— Não acho que seis meses seja tempo suficiente para superar a perda de quem amamos — continuou ela finalmente. — Eu não conseguiria. Você... você conhecia alguém?

Ele abriu a boca para dizer alguma coisa, mas uma onda repentina fez o barco dar um solavanco. O iate deu uma leve guinada e causou gritos histéricos do grupo mais adiante. Rhea prendeu a respiração e agarrou a borda de proteção com ainda mais força — o que ela, honestamente, não imaginava que fosse possível — e perdeu o equilíbrio. Sua companhia a segurou e a ajudou a recuperá-lo, enquanto o barco se ajustava e voltava ao ritmo suave.

Respire fundo, respire fundo, disse a si mesma. Não era o que faziam as pessoas para se acalmarem? Respiração profunda não lhe parecia um problema. Já estava a ponto de hiperventilar, e o coração parecia que ia sair pela boca.

— Calma — disse ele, com voz baixa e reconfortante. — Está tudo bem. Foi só uma onda.

Rhea não conseguia responder. O corpo permanecia tenso, retraído, incapaz de se mover ou de reagir devido ao pânico.

— Ei — tentou ele novamente. — Está tudo bem. Olha, já estamos quase lá, está vendo?

Com muito esforço, Rhea olhou para onde ele apontava. De fato, a ilha estava bem mais perto. Havia luzes contornando a doca que e pessoas ao longo da margem que pareciam prontas para recebê-los.

Ela soltou o ar e relaxou um pouco — um pouquinho —, então virou o corpo. Ele ainda a segurava, aparentemente sem ter certeza se ela estava bem mesmo.

— Obrigada — conseguiu dizer por fim. — Eu... eu estou bem.

Ele esperou mais alguns segundos, então finalmente a soltou. Ao tirar a mão de onde a segurava, pareceu surpreso ao notar o anel que ela usava. O enorme diamante oval brilhava como uma estrela em seu dedo. Ele olhou o anel em estado de choque, como se fosse uma cobra enroscada em sua mão.

— Você... está noiva?

— De Stephen Badica.

— Sério?

O tom da voz dele — de completa incredulidade — de repente causou nela uma faísca intensa de raiva. Claro que ele estava surpreso. Por que não estaria? Todos estavam. Ninguém entendia como Rhea Daniels — com sangue *meio*-nobre — havia conseguido conquistar alguém de uma família de tamanho prestígio como a do noivo. O casamento dos pais havia sido um escândalo e tanto. Todos o julgaram como um mau negócio para a mãe, e Rhea sabia que aquele tormento era o motivo pelo qual a mãe havia encorajado o noivado com Stephen.

Mesmo assim, Rhea odiava as insinuações. Ouvia os cochichos; sabia que as pessoas se perguntavam se seus pais não haviam feito algum tipo de acordo com os de Stephen, algum suborno. Alguns diziam que Stephen estava interessado porque ela era fácil — e que o noivado terminaria logo que ele se cansasse dela. Ela sabia que formavam um casal esquisito. Rhea era discreta — uma observadora do mundo. Stephen era extrovertido e animado, sempre no centro das atenções — tanto que agora estava com os outros, revivendo as emoções do último grande acontecimento.

Rhea deu um passo atrás, afastando-se do garoto louro.

— É — respondeu friamente. — Sério. Ele é demais. E me convidou para vir. — Ela era uma das poucas pessoas a bordo que não frequentava o colégio St. Vladimir.

— É... — disse ele, sem parecer inteiramente convencido. Mais que isso, parecia perplexo. — É que... não consigo imaginar vocês juntos.

Claro que não. Ele era obviamente alguém da mais alta sociedade. Mesmo entre os nobres, havia aqueles que eram melhores que outros. Honestamente, era incrível que ele até mesmo estivesse conversando com ela.

— Você não acha... não acha que é nova demais? — continuou ele, mais uma vez ele soando abismado, e irritando-a ainda mais.

— Quando encontramos alguém legal, não tem por que ficar trocando toda hora.

Ele recuou, parecendo procurar por uma resposta, e ela ficou na dúvida se não teria pisado em terreno minado. Ele foi salvo quando uma bela garota de cabelos castanhos o chamou para se juntar a um grupo. Ela o chamou de Eric.

— É melhor eu ir — disse Rhea. — Foi bom conversar com você.

Ele se virava de costas quando hesitou mais uma vez.

— Qual o seu nome?

— Rhea Daniels.

— Rhea... — pronunciou ele a palavra, como se analisando cada sílaba. — Eu sou Eric.

— É, eu ouvi — disse ela, olhando para a beirada do barco em um sinal de que a conversa havia encerrado. Teve a impressão de que ele iria dizer mais alguma coisa, mas, após vários segundos, conseguiu identificar apenas o som dos passos dele se afastando enquanto as ondas chocavam-se contra a lateral do iate.

Três

Estavam todos prontos para começar a festa assim que pusessem os pés no píer. Apesar do céu escuro, ainda era meio-dia para os Morois — um pouco cedo para caírem na farra, mas ninguém parecia se importar. Quando avistaram a casa de praia de Zeklos, foi fácil perdoar Jared pelo atraso. Mesmo Eric, rodeado de luxo desde que nasceu, estava pasmo. A enorme propriedade se estendia ao longo de uma pequena escarpa, e a casa era repleta de janelas que prometiam uma vista espetacular estando em praticamente qualquer lugar de seu interior. Árvores exóticas encobriam parcialmente a propriedade, fazendo com que fosse difícil para quem passasse nos barcos discernir muitos detalhes. Os Morois interagiam o tempo todo com humanos, mas sempre que possível ainda buscavam privacidade. Bem além da casa, do outro lado da ilha, havia alguns penhascos rochosos.

Os guardiões fizeram todo mundo esperar no iate enquanto realizavam uma varredura na ilha. A maioria dos colegas de Eric resmungou, inclusive Emma.

Ninguém parecia pensar que os Strigois poderiam ter se infiltrado na ilha, mas Eric sabia que um deles poderia facilmente pegar um barco. O pai de Jared tinha seus próprios guardiões em terra, mas isso não significava que os Strigois não pudessem ter entrado escondidos dias antes.

Eric ainda estava um pouco aborrecido com a atitude frívola dos colegas em relação aos Strigois, mas outros pensamentos empurraram a decepção para um canto da mente. Como Rhea Daniels.

Por que havia ficado tão zangada com ele? Ele relembrou o diálogo várias vezes, tentando descobrir o que poderia ter dito de errado. A única coisa que ele podia pensar era que ela tomou como ofensa sua surpresa por ela estar com Stephen. Talvez ela tenha se ofendido por achar que ele estava insultando seu noivo. Não havia sido essa a intenção de Eric — embora ainda achasse que os dois eram um casal improvável. Stephen era sempre escandaloso, estava sempre tentando chamar atenção e fazer as pessoas rirem. Talvez os opostos realmente se atraíssem, mas Eric nunca tinha ouvido falar que Stephen estivesse noivo. Claro que, como já haviam se formado, talvez o noivado fosse algo recente.

Na verdade, recordando-se de mais cedo na praia, Eric lembrou-se de ter visto Stephen contando piadas e divertindo os outros. Rhea não estava por perto. Ou estava? Talvez não tivesse reparado nela — embora isso parecesse impossível. Como alguém conseguiria não notá-la? Mesmo agora, com a perspectiva tentadora de festas começando, ele estava consumido pela lembrança da garota. Os cabelos macios e dourados que pareciam tão mais vivos do que os seus, quase como os raios proibidos do sol com que ele tanto sonhava. As leves sardas espalhadas sobre a pele clara — uma raridade entre os Morois. E os olhos... eram de um castanho-claro intenso, salpicados com verde e dourado. Havia alguma coisa infinitamente sábia e gentil em seus olhos, principalmente quando falou do massacre. Ela não conhecia nenhuma das vítimas e ainda assim tinha ficado mortificada.

— Finalmente — disse Emma. Os guardiões chamavam os Morois para que desembarcassem. — Mal posso *esperar* para ver como são os quartos. Miranda já esteve aqui e disse que são enormes.

Realmente eram, mas Eric não passou muito tempo no seu. Os criados Morois — que obviamente não eram nobres — carregavam as bagagens dos hóspedes e se certificavam de que todos soubessem onde estavam os respectivos quartos. Embora fosse gigantesca, a casa não dispunha de trinta quartos, e alguns tiveram que dividir acomodações. Eric era um dos sortudos com quarto individual, o que não o surpreendeu. O poder e o status do pai faziam com que a maioria dos nobres quisesse agradá-lo. A família de Jared não era exceção.

Após aquela rápida parada, todos se dirigiram para os fundos da casa, onde os criados de Zeklos tinham trabalhado arduamente. Numa área afastada, com piso de azulejo e margeada por árvores exuberantes, tochas altas estavam fixas no chão e iluminavam a escuridão com uma luz bruxuleante e misteriosa. Os aromas de carne assando e de outros petiscos invadiam o ar, e no meio do espaço havia uma lagoa artificial profunda de um azul cristalino, iluminada por lâmpadas habilmente embutidas. A piscina brilhava como se fosse algo de outro mundo.

O pai de Jared, um homem magro com sobrancelhas pontudas e bigode lustroso, fez um breve discurso, dando os parabéns pela formatura e desejando sorte a todos, independente do caminho que decidissem seguir. Quando ele terminou de falar, a festa logo começou. A música surgiu de caixas de sons invisíveis, e todas as preocupações com as responsabilidades futuras e os planos importantes foram rapidamente esquecidas.

Eric se jogou na bebida e na dança, sentindo uma súbita vontade de não pensar em nada por um tempo. Não queria pensar na mãe ou naquele rosto horrível e assustador na praia. Não queria pensar no legado deixado para ele, herdeiro de uma linhagem em extinção. Não queria pensar nos planos que o pai tinha para ele. E, acima de tudo, Eric certamente não queria pensar na garota séria que havia conhecido no barco. Às vezes achava festas como esta banais, mas em outras vezes... bem, nos momentos mais difíceis de sua vida, uma farra inconsequente era uma fuga bem-vinda.

— Há algum tempo não via você sendo tão divertido — exclamou Emma, aos gritos por causa da música alta.

Eric sorriu e a puxou para perto com um dos braços enquanto dançavam. A outra mão segurava de modo precário um drinque — e não estava fazendo um bom trabalho. Levando em conta que era o terceiro, provavelmente não tinha importância se deixasse derramar um pouco.

—Você não acha que eu sou divertido normalmente? — provocou ele.

Emma fez que não com a cabeça.

— Não é isso... você tem andado muito sério ultimamente. Como se estivesse nervoso com... não sei. Nervoso com o futuro — disse ela, dando uma golada do drinque que segurava e franzindo a testa de maneira fofa. — Você está?

Foi um momento surpreendentemente reflexivo da namorada, e Eric não sabia o que responder. Emma era do tipo que vivia o presente, buscando o máximo de diversão e prazer que conseguisse — sem pensar nas consequências. Era uma das coisas de que ele mais gostava nela quando preocupações o aborreciam.

— Não sei — admitiu ele, decidido a terminar o drinque se essa conversa fosse avançar. Tanto a música quanto o assunto dificultavam que a conversa continuasse. — É que é tanta pressão... tantas decisões que podem afetar o resto da minha vida.

Emma ficou na ponta dos pés e lhe deu um estalinho.

— Só porque precisa tomar uma decisão não significa que terá consequências ruins. E alguns de nós não se importam de ficar ao seu lado para enfrentar o que for preciso.

Mesmo um pouco atordoado pelos martinis com vodka, Eric notou uma insinuação sutil sobre o noivado na declaração da namorada. Concluiu então que preferia não ter tocado no assunto. Ele ia sugerir mais um drinque, mas outra coisa o distraiu.

— E agora — declarou uma voz que conseguiu sobressair à música alta — vou tentar algo nunca antes alcançado por ninguém na história. *Jamais.*

Eric e Emma se viraram e viram Stephen Badica de pé numa cadeira à borda da piscina. Todos ao redor pararam para olhar. Mesmo sem as cenas teatrais, Stephen costumava chamar a atenção. O físico era um pouco mais musculoso do que o de um Moroi típico, dando a Stephen uma aparência que ele gostava de brincar dizendo que era "vigorosa e máscula". Não tinha traços delicados, mas as linhas fortes do rosto bem delineado agradavam a maioria das garotas — sobretudo porque parecia estar sempre sorrindo.

Stephen segurava no alto um copinho cheio.

— Vou pular na piscina e virar esse shot antes de tocar na água.

A declaração foi recebida com aplausos e assobios, bem como com algumas vaias daqueles que protestavam, dizendo que ele acabaria derramando o uísque na água. Stephen ergueu o braço pedindo silêncio — algo impossível naquela situação — e então saltou da cadeira. Foi tudo muito rápido, mas Eric tinha quase certeza de ter visto Stephen realmente tomar tudo antes de tocar na água — de roupa — com os joelhos dobrados e juntos.

Espirrou água para todo lado e houve alguns gritos de susto, pois várias pessoas ficaram encharcadas. Emma era uma delas, tendo seu vestido justo vermelho e provocante atingido por uma onda particularmente grande.

Mais aplausos irromperam dos espectadores, e Stephen emergiu na superfície com as mãos para cima em sinal de vitória. Após alguns gritos entusiasmados, ele então desafiou outras pessoas a fazerem o mesmo. Naturalmente, houve vários voluntários.

Enquanto observava Stephen, Eric se deu conta de que não conseguia afugentar todas as suas preocupações. Havia uma parte dele que secretamente esperava ver os cabelos louros da cor do sol entre o grupo. Virou-se para Emma, que tentava em vão torcer a parte de baixo do vestido e perguntou:

— Ei, você sabia que Stephen está noivo?

— Quê? — Emma não tirou os olhos da saia do vestido. — Ah, sim. De uma garota de... não me lembro. De alguma outra escola. Ela está por aqui; é loura. Meio tímida. Por quê?

Eric deu de ombros.

— Soube mais cedo e fiquei surpreso que estivesse noivo. Nunca pensei que ele fosse do tipo que se casaria.

Emma desistiu do vestido e olhou para ele.

— Ou melhor, não com *ela*.

— O quê? Por quê? O que há de errado com ela?

— Não é totalmente nobre — disse Emma sem conseguir disfarçar o desdém. — A mãe é uma Ozera, acho, mas o pai é um joão-ninguém.

— Pegou pesado.

— Ei, não tenho nada contra ela. E se deu bem em fisgar Stephen. Um belo trabalho. Definitivamente, vai conseguir uma boa ascensão — defendeu-se Emma, agarrando a blusa de Eric; Stephen e Rhea já haviam sido esquecidos. — Vamos, meu vestido está acabado.

— Hã? O que você...

Talvez tenha sido a mudança brusca de assunto — ou muito álcool —, mas Eric não conseguiu deter Emma quando ela o empurrou na piscina. Os dois caíram desastradamente, fazendo espirrar mais água na borda e no piso de azulejo. Outras pessoas já haviam seguido o exemplo de Stephen, e Eric achou um milagre não ter caído em cima de ninguém.

— Ai — disse ele, olhando a roupa encharcada. Emma ria, triunfante, e o envolveu com os braços.

— Te peguei! — disse ela.

Ele começou a reclamar, mas logo viu que seria difícil com Emma agarrada a ele. Sem se importar com os outros em volta, ela o beijou, e Eric descobriu que o toque do seu corpo no vestido justíssimo era melhor do que álcool para se esquecer dos problemas. Ele a puxou para mais perto e passou a mão por sua cintura.

— O que acha de terminarmos a noite mais cedo? — perguntou ela com uma voz melosa após finalmente interromper o beijo.

Eric hesitou, pensando que talvez fosse uma ótima ideia. Então, pelo canto dos olhos, viu os cabelos dourados e brilhantes. Rhea Daniels estava aqui, finalmente. Havia entrado na casa por entre as elaboradas portas de vidro, mas não sem antes pousar os olhos sobre ele. No seu rosto, ele viu... o quê? Censura? Desprezo? Não tinha certeza, mas, de repente, inexplicavelmente, sabia que precisava falar com ela.

Afastando-se relutantemente de Emma, viu pela primeira vez o quanto o vestido molhado revelava.

— Quero ficar — disse, forçando um sorriso que esperou parecer descontraído. — Mas não com essa roupa.

Ela tentou puxá-lo de volta.

— Quer ajuda para tirá-las?

— Mais tarde — disse ele, e beijou sua testa. Começou a subir na borda da piscina. — Vou me trocar. Já volto.

Emma fez beicinho, mas como ele suspeitava, ela não tinha a menor vontade de trocar de roupa, apesar do ar frio. Não se incomodava em exibir o corpo para os outros, e sem dúvida toleraria o frio em troca de atenção.

— Tudo bem, mas vê se não demora — disse Emma enquanto ele a ajudava a sair. — Vou pegar outro drinque.

Quando ela já estava a caminho do bar, Eric entrou apressadamente na casa, torcendo para encontrar Rhea naquele labirinto. Havia algumas pessoas passando, outras conversando ou buscando privacidade, mas nenhum sinal de Rhea. Passou pela cozinha, repleta de empregados ocupados, ainda trabalhando duro para manter a demanda por petiscos e drinques. Frustrado, puxou um deles e perguntou se havia visto alguém com as características de Rhea.

— Vi, sim — respondeu a garçonete —, ela foi em direção à sala dos alimentadores.

Eric agradeceu e correu em direção à ala da casa que a garota lhe mostrara. Visitar os alimentadores numa festa como esta era estranho. Às vezes eram colocados no centro da festa, mas devido à organização da mansão, ir atrás de sangue significava sair das comemorações. A maioria, como Eric, havia se alimentado antes.

Caminhando com rapidez, alcançou a entrada do cômodo dos alimentadores justo quando Rhea estava prestes a entrar. Ao ouvir os passos de Eric, ela parou na soleira da porta. Aqueles olhos dourados esverdeados se arregalaram de surpresa. Ela havia trocado o jeans por um vestido verde e justo de cashmere que a deixava ao mesmo tempo recatada e sexy. Agora, vendo-a na luz, ficou impressionado com o quanto ela era linda. E aqueles cabelos... ah, aqueles cabelos.

Ele se deteve, percebendo de repente que não tinha ideia do que iria dizer.

Quatro

— O que está fazendo aqui? — perguntou ele, depois de um silêncio desconfortável.

Rhea o encarou. Eric era o último cara que esperava encontrar ali na área dos alimentadores, ainda mais porque havia acabado de vê-lo aos beijos com uma menina de cabelos castanhos na piscina. Foi apenas a natureza totalmente estúpida de sua pergunta que lhe permitiu se recompor. Rhea pôs uma das mãos na cintura.

— O que você acha? — respondeu ela.

— É, quero dizer, sei por que você está aqui, mas... — Ele estava claramente se esforçando para se safar, e ela se perguntou o quanto ele havia bebido. — Quero dizer, é que parece meio estranho fazer isso no meio da festa.

— Não posso tomar sangue antes de entrar num barco. Senão fico enjoada — disse ela, então pensou melhor e completou: — Ainda mais enjoada.

— Ah, é, faz sentido.

Mais uma pausa embaraçosa pairou entre os dois. Finalmente, Rhea se virou na direção da sala.

— Agora que acabou o interrogatório, posso matar a fome?

— Claro... claro. Você se incomodaria se eu... se eu te fizesse companhia?

Rhea não soube disfarçar a surpresa enquanto tentava descobrir por que ele iria querer lhe fazer companhia. Mais cedo, no barco, ele havia claramente olhado Rhea de cima a baixo da mesma forma que todos os outros faziam ao observar uma raça sem pedigree. Por que mostrava interesse agora? Sem querer aparentar que ligava para ele, simplesmente entrou no local e respondeu:

— Sem problema.

O recepcionista Moroi que estava de plantão se mostrou tão surpreso quanto Eric ao vê-la ali. O homem riscou-a da lista que acompanhava a quantidade de vezes que os Morois se alimentavam e se mostrou perplexo quando ela perguntou como ele estava. Rhea tinha a impressão de que a maioria dos nobres presentes ali tinha o costume de tratar os empregados como parte da mobília.

— Posso ficar com o Dennis? — perguntou. — Ele está acordado?

O atendente estava bem mais animado pelo comportamento civilizado de Rhea.

— Pode. Ele é o último da direita.

Rhea sorriu e agradeceu antes de seguir pelas fileiras de cabines que separavam os alimentadores. Em horários mais concorridos, todas as cabines estariam sendo usadas, mas com a festa acontecendo, somente algumas estavam ocupadas. Alguns humanos liam enquanto esperavam um Moroi aparecer; outros apenas olhavam o nada, harmoniosamente ausentes, aproveitando a onda causada pela mordida de um vampiro. Era essa a viagem que os humanos que estavam ali procuravam. Foram retirados das margens da sociedade, párias e mendigos que ficavam mais do que felizes por darem seu sangue em troca do êxtase que isso causava. Os Morois também cuidavam bem deles, oferecendo bastante comida e acomodações confortáveis.

— Quem é Dennis? — perguntou Eric, que caminhava ao lado de Rhea. Ele cheirava a cloro, e poças de água se formavam a cada passo que dava. Mesmo assim, ela o achava estranhamente atraente, e isso a frustrava.

— É um alimentador da minha escola — explicou. Não conteve um breve sorriso ao pensar em Dennis. — Ele é um fofo. Sempre pede para eu procurar por ele de novo.

O olhar que Eric lhe lançou dizia que achava aquilo tudo ridículo. O sorriso desapareceu, e ela apertou o passo em direção à cabine de Dennis, um dos humanos que simplesmente se contentavam em ficar chapado e não fazer nada até a próxima mordida. Mas assim que viu Rhea, ele se endireitou e tentou se concentrar, quase saltando da cadeira.

— Rhea! — exclamou o rapaz. — Achei que tivesse se esquecido de mim. Quanto tempo!

Rhea se sentou numa cadeira ao lado do rapaz e sentiu um sorriso brotar no canto dos lábios. Ele era apenas um pouco mais velho, mas havia algo de fofo e infantil nele. Sempre que o via tinha vontade de ajeitar seus cabelos castanhos desarrumados.

— Nem faz tanto tempo assim — disse ela. — Foi só um dia.

Dennis franziu a testa, aparentemente tentando decidir se isso era verdade ou não. Era fácil para alimentadores perder a noção do tempo. Ele olhou para Eric, recostado na entrada da cabine. Sua expressão de entusiasmo deu lugar a uma de desagrado.

— Quem é esse? — perguntou, desconfiado.

— Eric — informou ela com tranquilidade. — Ele é... meu amigo. — Era? Não sabia ao certo, mas era melhor não perturbar Dennis.

— Não gosto dele — comentou Dennis. — Tem olhos esquisitos.

— Gosto dos olhos dele — disse Rhea, tentando ser gentil. — São lindos.

Dennis se virou para ela e, ao ver seu rosto, sua expressão suavizou-se. Suspirou feliz.

— Gosto dos *seus* olhos. Eles são lindos. Como você.

Ela balançou a cabeça, com pesar. Estava acostumada com a atitude sonhadora de Dennis, mas Eric parecia ofendido. Assim como tantos, ele tratava os alimentadores como objetos.

— Então — disse ela. — Vamos fazer logo isso.

Dennis esticou o pescoço com ansiedade. A pele devia ter sido macia algum dia, mas agora estava coberta de hematomas devido às constantes mordidas. Rhea, no entanto, não encontrou dificuldade em enfiar seus caninos e beber o líquido quente e doce, essencial para sua sobrevivência, bem como os alimentos que ingeria. Dennis deu um breve e contente suspiro e ambos compartilharam um ou dois minutos de plenitude.

Quando ela terminou e se afastou, Dennis a fitou com olhos brilhantes e estáticos.

— Não precisa parar — disse ele. — Pode pegar mais.

Ele sempre fazia essa oferta, mas os Morois eram treinados desde cedo sobre quanto poderiam consumir. Era o que permitia a esses humanos sobreviverem às constantes mordidas. Além disso, respeitar a quantidade determinada mantinha os Morois longe do pior pecado: transformar-se num Strigoi por tomar todo o sangue da pessoa.

Rhea limpou a boca e se levantou. Dennis também se ergueu, mas logo se afundou novamente na cadeira, tomado pela vertigem que se seguia à alimentação.

— Você vai voltar? — implorou ele. — Logo?

— Vou voltar logo, como sempre — respondeu. — Amanhã.

Dennis pareceu decepcionado, como de costume, mas, relutante, assentiu enquanto ela saia. Eric a seguiu, quieto e pensativo, mas a repreendeu de repente assim que chegaram ao hall.

— Você é louca?

Surpresa, ela parou tão depressa que eles se esbarraram. Ambos congelaram pelo contato e ele recuou rapidamente.

— Do que você está falando? — perguntou ela.

Eric apontou para a porta.

— Aquilo. Aquele cara sem noção.

— Ele é um alimentador. Todos são meio assim.

— Não. Ele é diferente. Está obcecado por você.

— Ele me conhece, só isso. É da minha escola. Converso com ele e me alimento do seu sangue há uns dois anos.

— *Este* é o problema.

— O que, me alimentar?

Eric fez que não com a cabeça.

— Não. Conversar com ele. Você tinha só que pegar o sangue e ir embora.

Rhea não podia acreditar que quase chegou a reconsiderar a primeira impressão que teve de Eric.

— Ah, claro. Alimentadores não são pessoas, certo? Não são dignas de sua atenção, a não ser que façam parte do seu mundo, da realeza?

— Não! Só acho que você está encorajando ele a... não sei. O jeito que ele olhava para você. Ele não parece... confiável.

— Não tem nada de errado com ele — argumentou ela. — É um alimentador. Não vai a lugar nenhum.

— Mesmo assim não acho uma boa ideia — balbuciou Eric.

— Sério? E eu acho que você não tem nenhum direito de me dizer o que fazer! — exclamou, tentando não alterar a voz. — Você nem me conhece. E deixou claro o que acha de mim mais cedo.

Um ar de pânico tomou conta do rosto de Eric. Segundos depois, sua expressão suavizou e voltou ao estado pseudocalmo de antes.

— Do que está falando?

— Lá no iate. Ficou óbvio que você acha que não mereço estar com Stephen porque minha linhagem não é pura.

— Eu... o quê? — exclamou Eric, encarando-a de forma genuinamente perplexa. — Não! Não é nada disso! Nem sabia de vocês dois quando a gente se conheceu.

— Claro — disse ela, cruzando os braços. — Então por que ficou tão surpreso em saber do nosso noivado?

— Porque... é que... vocês são tão diferentes. Viu o que ele fez na piscina? Você não parece fazer esse tipo.

— Que tipo? O tipo divertido? Está dizendo que sou chata?

— Não! — respondeu Eric, estampando o desespero típico de alguém que tenta cavar um buraco para se esconder. — Você é quieta e... séria. Ele não.

— Ele tem os momentos dele. E eu também estava me divertindo. Tomei um drinque. Dancei. — suas palavras ganharam um tom mais defensivo do que ela queria, provavelmente porque Stephen também lhe dizia sempre que ela não sabia aproveitar bem a vida. Ela realmente tinha estado na festa e tentado compartilhar o lado desgovernado do namorado, assim como ele também tentava, às vezes, agir com mais decoro. Stephen tinha um dom para fazer espetáculos, mas também tinha um lado mais sereno. — Só porque não banco a palhaça não quer dizer que eu seja antissocial.

— Não foi isso que quis... droga! — disse Eric, dando um passo na direção de Rhea, completamente frustrado. Passou a mão pelos próprios cabelos platinados. — Não era assim, de jeito nenhum, que eu queria que as coisas se desenrolassem.

A raiva de Rhea se aplacou por um momento, transformando-se em confusão.

— O que você queria?

— Eu... nada, nada. Esquece. Mas tome cuidado com esse Dennis. Use outro alimentador da próxima vez.

— Obrigada pelo conselho que não pedi.

Ele suspirou e parecia se esforçar muito para controlar o mau humor.

— Só estou preocupado com você.

De repente, os olhos de Eric fixaram-se em algo atrás de Rhea. Ela se virou e viu a garota de cabelos castanhos com quem ele havia estado na piscina, parada no corredor, olhando para os dois. Assim como Eric, ela estava encharcada. Rhea não conseguiu identificar bem a expressão da garota, mas tinha certeza de que não era de felicidade.

— Oi, Emma — exclamou ele, com cara de que queria estar em qualquer lugar que não naquele corredor.

— Oi — respondeu ela secamente. — Fui procurar por você e me disseram que você estava aqui. Não ia trocar de roupa?

— É... mas encontrei com a Rhea e ficamos conversando sobre o mergulho incrível do Stephen.

Rhea arqueou uma das sobrancelhas e cogitou a ideia de desmenti-lo. Mas quanto mais olhava para Emma, mais notava a expressão de ciúme da garota. Como não tinha nenhuma intenção de se envolver no problema, compactuou com a mentira.

Eric deu um largo sorriso, o que surpreendeu Rhea. Nas poucas vezes que o vira sorrir, os sorrisos tinham sido curtos ou melancólicos. Mas isso... esse sorriso era estratégico para dobrar Emma, e até Rhea sentiu uma breve falta de ar.

— A gente se vê por aí — despediu-se de modo descontraído. Foi até Emma e passou o braço ao redor da cintura dela, inclinando o rosto para perto do dela. — Já que está aqui, talvez possa me ajudar a trocar de roupa.

Rhea se controlou para não fazer uma careta. As palavras de Eric atenuaram o ciúme no rosto de Emma, que o abraçou e acenou rapidamente para Rhea. Ela observou os dois descerem o corredor, sussurrando e rindo, e ficou surpresa ao notar que sentia uma pontada de tristeza no peito.

Imediatamente, balançou a cabeça e decidiu que iria para a cama. Por que deveria se importar com o que esse tal de Eric dizia ou fazia? Mal havia trocado meia dúzia de palavras com ele. Determinada, dirigiu-se para as escadas na direção do quarto. Segundos depois, mudou de ideia e resolveu dar boa noite a Stephen.

Como era de se esperar, ele ainda estava lá fora, sendo o centro das atenções. Continuava encharcado, e Rhea se perguntou quantas vezes teria se jogado na piscina. Vampiros gostavam do Chile no inverno por causa dos dias de sol mais curtos, mas a noite estava cada vez mais fria. Só um drinque era capaz de esquentar o corpo. Stephen não parecia se incomodar com a temperatura e contava sobre o dia em que ele e uns amigos entraram escondidos na sala do professor de matemática. A história envolvia álcool e ferrets.

Rhea sorriu a contragosto e acenou para ele quando saiu da casa. Ao vê-la, Stephen deu um largo sorriso e parou de contar a história.

— Oi, linda — disse, indo até ela. Ele tentou lhe dar um abraço molhado.

Ela riu.

— De jeito nenhum.

Ele fez uma careta exagerada de tristeza e então deu um estalinho em Rhea, tomando cuidado para não molhá-la.

— Tranquilo assim? — perguntou ele, triunfante.

— Muito. Vim só para te dizer que vou para cama.

Desta vez, a expressão de tristeza foi real.

— Mas vamos fazer uns shots flamejantes. Você podia ajudar.

— Não é bem o que eu tinha em mente em relação a como usar minha mágica. Bom, pelo menos você não precisa se preocupar em se queimar, encharcado desse jeito.

— É verdade — concordou ele, aparentemente pensando nisso pela primeira vez. Seu rosto se suavizou um pouco. — Nos vemos amanhã?

— Sim, claro.

Eric podia pensar que Stephen era um cara cheio de marra, com um jeito meio agressivo e espalhafatoso, mas Rhea aprendera havia tempos que seu noivo possuía uma fragilidade que poucos conseguiam enxergar. Até onde sabia, ela era a única a quem ele havia mostrado esse lado. Parecia se sentir confortável com ela, como se precisasse extravasar seu lado mais sensível e compensar o lado baderneiro. Haviam crescido juntos, quase como irmãos, e o noivado pareceu perfeitamente natural. Estavam acostumados a ter um ao outro.

Ele apertou a mão de Rhea — a dele estava molhada — e então lhe deu outro estalinho antes de retornar à plateia.

Cinco

Depois que Eric levou Emma para o quarto, foi fácil acalmá-la. Ela parecia muito mais interessada em ajudar a tirar a roupa dele do que em discutir sobre o que tinha acontecido com Rhea, sobretudo porque os dois acabaram não trocando de roupa nem voltando para a festa.

O álcool acabou fazendo com que Emma caísse num sono pesado, mas ao se deitar na cama com ela em seus braços, Eric descobriu que não havia tido a mesma sorte. O barulho da festa lá fora havia diminuído. Já estava bem tarde para os Morois e em breve as janelas, agora escuras pela noite, ganhariam luz e a maioria dos amigos iria para cama. Ficou olhando para o teto, cada vez mais sóbrio, pensando em Rhea Daniels.

E, honestamente, não fazia sentido. Com exceção daqueles primeiros segundos, quando se conheceram, os dois ainda não haviam conseguido ter uma conversa amigável. Tudo o que ele dizia parecia irritá-la, e Eric não conseguia entender por quê. Sabia que não devia se preocupar com isso. Quem ligava se ela ficava magoada com qualquer coisa? Se queria discutir toda hora, era problema dela. Ele não tinha nada a ver com a garota.

E ainda assim... não importava o quanto dissesse isso a si mesmo, continuava sem conseguir tirar da cabeça a imagem dos cabelos brilhosos e dos olhos vivos. Quem precisava do sol com ela por perto? Nos primeiros momentos no barco, quando ela pareceu compreender de verdade como ele se sentia em relação à mãe, teve um lampejo de que alguém o entendia da verdade. Não, mais do que isso. Que alguém se importava. Apesar das atenções não terem se voltado para ele, percebeu essa mesma característica de Rhea quando falava com o atendente na sala dos alimentadores e mesmo com aquele cara maluco, Dennis. Rhea prestava atenção nas pessoas, em cada uma delas.

Finalmente caiu no sono, para logo acordar com uma dor de cabeça latejante. Como sempre, Emma não tinha nenhum sintoma de ressaca. Ela lhe deu um beijo longo e demorado e voltou a pôr o vestido ainda molhado, prometendo reencontrá-lo em uma hora para pegar sangue antes das próximas atividades. Eles não sabiam exatamente o que estava por vir, mas Jared havia prometido algo divertido.

Quando Eric se juntou a Emma, ela já havia se trocado e estava fresca e linda como nunca, sem qualquer sinal do mau humor da noite anterior. Eric descobriu que seu próprio banho havia curado grande parte da dor de cabeça e, de mãos dadas com Emma, permitiu-se relaxar e se esforçou para tentar curtir o dia.

A área de alimentação era muito mais cheia durante a manhã dos vampiros, pois era a hora preferida para beberem sangue. Eric e Emma esperaram na fila, conversando com amigos que pareciam ter exagerado na festa da noite anterior. Alguém passou por eles carregado de donuts furtados do bufê de café da manhã e os repassava aos demais na fila, como se fossem aperitivos antes do sangue.

Quando chegaram ao início da fila, Eric viu que havia agora uma recepcionista diferente na entrada. Ela marcou seus nomes na lista e aguardou desocupar uma cabine. Quando vagou, ela se virou para Emma e disse:

— Pode ir, é na cabine do Dennis, do lado direito.

Eric pegou no braço de Emma quando ela deu um passo à frente.

— Não — disse ele, se virando para a recepcionista. — Vamos esperar a próxima cabine vagar. Pode deixar alguém da fila passar.

A recepcionista protestou — provavelmente irritada por ter alguém dizendo a ela como fazer seu trabalho —, mas, após alguns segundos, deu de ombros e fez sinal para outra pessoa passar. Emma olhou intrigada para Eric, mas outro alimentador ficou disponível antes que ela tivesse tempo de questioná-lo.

Quando terminaram, ela tocou no assunto imediatamente, enquanto caminhavam para a parte principal da casa.

— O que foi aquilo? A história do alimentador? Por que me parou?

— Porque aquele cara é maluco — respondeu Eric.

— Eles são alimentadores — contestou Emma. — São todos malucos.

— Não como esse. Rhea foi nele ontem à noite e eu não iria querer estar debaixo do mesmo teto que ele se fosse ela. É pirado. Total o tipo psicopata obsessivo.

Emma refletiu sobre isso e então balançou a cabeça.

— É, bem, mas os alimentadores nem socializam com a gente. Ela provavelmente não tem com o que se preocupar — disse ela, então fez uma pausa cautelosa e calculada. — Fico um pouco surpresa de *você estar* tão preocupado com ela.

Eric reconheceu esse tom e percebeu que havia pisado em campo minado.

— Nem estou tão preocupado. Mal a conheço... mas depois de falar com aquele cara ontem à noite, eu aconselharia qualquer um a ficar longe dele.

— Você perguntou um monte de coisas sobre ela ontem — afirmou Emma, ainda não convencida da falta de interesse do namorado. Ele deu um suspiro e notou que havia posto Rhea no radar de Emma.

— Só perguntei sobre o noivado de Stephen. Qual é, Em. Não fica procurando problema onde não tem.

— Tudo bem — disse ela, então sorriu e apertou a mão de Eric, que torceu para que o assunto tivesse morrido ali. — Vamos ver o que Jared planejou.

Jared havia organizado uma caçada ao tesouro. Quando os hóspedes (os que haviam conseguido se levantar da cama) estavam reunidos do lado de fora, o anfitrião explicou as regras. Seriam divididos em pares e receberiam pistas aleatórias. Uma pista levaria à outra até que uma das duplas encontrasse o tesouro e ganhasse o prêmio: hospedar-se na suíte master da casa com direito à jacuzzi e varanda.

Emma agarrou Eric com tanta força que suas unhas cravaram na pele do namorado, fazendo-o se lembrar vagamente da última noite na cama com ela.

— Fato que *já* ganhamos — sussurrou ela. — Só espero que não nos mandem a nenhum lugar bizarro. Você viu aqueles despenhadeiros do outro lado da ilha? Molly diz que Jared vai lá direto escalar. Não faço aquilo de jeito nenhum.

— E para o jogo ficar mais desafiador — anunciou Jared —, vamos sortear os pares. Cada pessoa da dupla vencedora tem direito a uma noite na suíte.

A notícia foi recebida com aplausos e reclamações. Emma foi uma das que resmungaram até Jared sortear seu nome com sua amiga Fiona. Emma ficou radiante e beijou Eric no rosto.

— Tudo bem, já ganhamos essa. Eu e você vamos curtir aquela jacuzzi essa noite — exclamou ela, então se afastou às pressas para se juntar a Fiona.

Jared continuou sorteando nomes de seu boné, até chegar a:

— Eric Dragomir.

Apesar de se esforçar para ignorar o fato, não teve como não ouvir suspiros de algumas das garotas presentes. Elas sabiam que Eric e Emma ainda não estavam noivos, então algumas ainda o consideravam disponível. Mesmo alguns rapazes pareciam interessados em fazer dupla com ele, na esperança de criar vínculos com sua família.

Jared leu o nome seguinte:

— Rhea Daniels.

Eric congelou.

Tinha visto Rhea assim que saiu da casa. Ela estava ao lado de Stephen do outro lado da lagoa e parecia bem-humorada. Ela e o noivo pareciam ter uma conversa séria — nada grave, mas algo acalorado e corriqueiro. Stephen havia falado na maior parte do tempo, parecia sincero e pensativo, enquanto ela apenas o escutava. O sol ainda não havia se posto totalmente e os raios fizeram os cabelos de Rhea brilharem como fogo. Eric não conseguia desviar o olhar, e a curiosidade de saber do que falavam o consumiu.

Agora, ao ouvir o próprio nome, Rhea ficou atônita e correu os olhos pelo grupo. Stephen a cutucou e apontou para Eric. Ela o encarou e seus olhos arregalaram-se de espanto. Ele ficou perplexo por alguns instantes. Ela deveria ter ficado em estado de choque ao ouvir o nome de Eric, não ao vê-lo. E então Eric compreendeu. Rhea não sabia quem ele realmente era. Ele havia suspeitado disso na noite no iate, mas pensava que com certeza ela teria descoberto mais tarde. Aparentemente, não.

Stephen sorriu e fez sinal para que ela se juntasse a Eric. Rhea mordeu o lábio e relutantemente afastou-se do noivo, como se cada passo fosse um tormento. Eric olhou na direção de Emma e Fiona, e teve a impressão de que a namorada observava cada passo de Rhea como se fosse um tormento para ela também.

Eric e Rhea não disseram nada um ao outro enquanto outros nomes eram sorteados. Também não falaram quando receberam a pista. Enquanto o resto do grupo se dispersava com ansiedade, Eric baixou os olhos para o pedaço de papel.

*Encontre-me onde as palmeiras dobram,
ao lado de águas que nunca acabam.*

Ele olhou o bilhete, perdido, sem ter ideia do que significava. Rhea suspirou e tirou a pista da mão de Eric.

— É uma fonte — disse ela. — Eu a vi ontem à noite. Dá para ir por uma trilha no jardim.

Ela saiu caminhando, e ele se apressou para acompanhá-la. Sem dizer uma palavra, ela o guiou até a fonte. Delicada e feita de mármore, a fonte estava rodeada de cisnes que jorravam água pela boca. Eric não conseguiu decidir se aquilo era cafona ou elegante. Ele e Rhea observaram o local por um instante, tentando descobrir onde estaria o próximo passo. Eric o avistou primeiro. Um pedacinho de madeira macia e plana estava escondido num pequeno vão da escultura. Nele estavam talhadas as seguintes palavras:

*Música, música por todo lado
com paisagens vastas que lhe deixam embasbacado.*

— A sala de música — disse Rhea prontamente. —
Fica no último andar da casa.

Mais uma vez ela saiu na frente e Eric teve que apertar o passo para alcançá-la.

— Já tinha vindo aqui antes? Como você sabe onde
está tudo?

— Explorei o lugar ontem à noite — respondeu Rhea
bruscamente. Estava claro que ela não estava a fim de
papo. Pelo menos não com ele.

Logo chegaram à sala de música, que possuía janelas
com uma vista do oceano capaz de tirar o fôlego. Outra
equipe estava de saída, sem saber se haviam lido a pista
corretamente. A pista inicial de todo mundo os enviou
a lugares aleatórios, e o objetivo era que ficassem juntos
depois. A pista da sala de música estava escondida no
piano. Como das outras vezes, Rhea a interpretou e se
dirigiu à saída.

— Espera, preciso falar com você.

Ela ergueu uma sobrancelha:

— Falar sobre o quê?

Ele suspirou.

— Olha, só quero saber por que você está tão zangada comigo hoje. O que eu fiz dessa vez? Já expliquei
que não estava fazendo piada de você e Stephen ontem
à noite.

Rhea o observou por vários segundos, na dúvida se deveria se virar e ir embora. Em vez disso, respondeu à pergunta de Eric com outra:

— Por que não me contou que era um Dragomir?

Ele não esperava por isso.

— Não achei que fosse importante. E pensei que você provavelmente já soubesse.

— Claro. Por que como poderia haver alguém no mundo que não soubesse quem você é? — perguntou ela com sarcasmo.

— Estou falando sério! E eu... na verdade gostei da ideia de que talvez você não soubesse. Você conversou comigo de igual para igual... mesmo que fosse para gritar na maioria das vezes.

— Não gritei — protestou. — E, de qualquer maneira, não acredito que você quisesse apenas falar comigo. Ouvi falar de você. Já esteve com muitas meninas. Deve ter achado que sou fácil, desesperada para ficar com o mais nobre que encontrar.

Eric ficou boquiaberto, perguntando-se que tipo de reputação devia ter. É verdade que havia tido várias namoradas, mas nunca as tinha usado. Havia realmente gostado de cada uma delas e, como o pai o aconselhou, tinha pensado em levar as relações a sério, mas aí... bem, Eric acabava perdendo o interesse.

— Isso não é verdade mesmo! Gosto da sua companhia porque tem um bom papo.

Rhea riu com desdém:

— Você acabou de dizer que gritei com você o tempo todo.

— Bem, não foi isso o que... o que quis dizer. Eu gosto de prestar atenção em você.

— Prestar atenção? — perguntou, desconfiada.

— Você repara nas coisas. Repara nas pessoas... e *conquista* as pessoas. Você foi a única que pensou no massacre de seis meses atrás, sabe. Foi quando mataram minha mãe.

Rhea empalideceu e toda irritação e raiva se desvaneceram.

— Ai, meu Deus, sinto muito...

Ele ergueu a mão:

— Sei que sente. É essa a questão. Nunca havia conhecido ninguém que pensasse nessas coisas. Você se importa com os criados. Com o alimentador maluco. Quero dizer, não me entenda mal... muitas dessas pessoas são muito legais. Mas você tem algo de genuíno. Algo de diferente. E é por isso que está com Stephen, não é? Observei vocês dois juntos mais cedo. Você repara em características dele que ninguém mais nota, e ele precisa disso. Ninguém se importa com ele dessa maneira. — Eric fez uma pausa, reunindo forças para continuar a segunda parte. — Mas a questão é: alguém se importa com você? Quem se preocupa com você ou pergunta como você está?

Rhea desviou os olhos, o que Eric pensou ter feito por vergonha. Ele teria facilmente se perdido neles.

— Um monte de gente — respondeu ela, evasiva. Mas Eric sabia que nem ela acreditava nisso. Era tímida e discreta, passando energia aos demais e, sem dúvida, permitindo que os pais a pressionassem a aceitar um casamento que a salvaria da desgraça que eles haviam enfrentado. Stephen, por mais bobo que fosse, tinha carinho por ela. Isso era óbvio. Dependia de Rhea para ouvir o que ele tinha vergonha de dizer aos outros. Eric duvidava que Stephen retribuísse o favor.

— Não o suficiente — replicou Eric. — Não sei como... apenas sei. Consigo ver tudo isso em você. Não permite que as pessoas se preocupem com você o bastante.

E, então, fez provavelmente a coisa mais idiota que poderia: a puxou para si e a beijou. Tinha certeza de que ela o empurraria ou mesmo lhe daria um soco ou um chute. Em vez disso, ela aproximou-se ainda mais, beijando-o com uma intensidade que superou a de Eric. Foi ele quem interrompeu o beijo, subitamente se dando conta da situação.

— Ai, meu Deus — sussurrou Rhea. Seu rosto era pura confusão. — Eu não podia ter feito isso... Eu não...

— Precisamos conversar mais — pediu, desejando ardentemente beijá-la outra vez. O que estava acontecendo com ele? Como havia deixado essa situação sair do controle tão rápido com alguém que mal conhecia?

— Mas não aqui. Outros vão passar por onde estamos. Vamos nos encontrar depois? Por volta das ... onze? Lá na fonte? O jogo já vai ter terminado.

— Não sei... — respondeu Rhea, mas Eric viu nos olhos dela que estaria lá.

— Onze — repetiu ele.

Finalmente ela concordou com a cabeça. Em êxtase, ele a beijou mais uma vez, desejando deixar uma marca inesquecível. Neste momento, Eric ouviu uma voz familiar.

— Ei, é por aqui!

Ele se afastou abruptamente, mas era tarde demais. Emma estava na soleira da porta. Minutos depois, Fiona, sem fôlego, parou ao lado da amiga. Emma, Eric e Rhea permaneceram congelados, em estado de choque. Fiona, que havia perdido a cena, parecia confusa.

E então, sem dizer uma palavra, Emma se virou e saiu correndo. O coração de Eric encolheu e ele ficou sem ação. Foi Rhea — sempre complacente com todos — quem o impulsionou a agir. Cutucou-o e disse:

— Vá falar com ela. Precisa de você. Esquece o jogo.

Ele hesitou, sem vontade de deixar Rhea, mas sabia que ela tinha razão. Eric não tinha certeza do que sentia por Rhea ou o que estava acontecendo, mas devia uma explicação a Emma.

Ele correu para fora da sala, passando às pressas por Fiona, que ainda não entendia nada, e mal a ouviu dizer a Rhea:

— Calma aí, você é minha dupla agora?

Emma foi rápida. Não estava em lugar nenhum, então ele foi para o lugar mais provável onde ela poderia estar: no quarto. Ele ficou do lado de fora, batendo na porta por cinco minutos, mas não obteve resposta. Ela podia estar ignorando-o ou simplesmente escondida em outro lugar.

Abatido, Eric voltou para o próprio quarto, sem vontade de ver mais ninguém. Passou o restante do dia deitado na cama, contando os minutos até as 23 horas. Pensou em Emma e Rhea exaustivamente e chegou a uma conclusão. Gostava muito de Emma, mas não a amava. Também não amava Rhea... mas ela tinha alguma coisa que o fazia querer conhecê-la melhor; alguma eletricidade que sentia na presença dela. Não conseguia afugentar a ideia de que talvez Rhea não fosse apenas mais uma garota na lista.

Por volta das 22 horas, Eric foi procurar Emma novamente — e não a encontrou. O jogo tinha acabado havia tempos e todos estavam muito agitados com isso e com a festa daquela noite para notá-lo. Então se dirigiu até a fonte para esperar por Rhea, na esperança de resolver pelo menos parte dessa confusão. Exatamente às 23 horas, sentou-se no chão ao lado dos cisnes e esperou.

E esperou. E esperou.

Quase uma hora se passou, e nem sinal de Rhea. Uma triste conclusão lhe abateu. Ela havia mudado de ideia. Realmente, ele já deveria ter esperado por isso. Estava noiva de outro cara e Eric era um idiota por querer interferir. Desanimado e constrangido, retornou para a casa. Lá encontrou Stephen sentado na beira da piscina, bebendo com amigos da escola.

Eric, suspeitando de que Rhea havia contado ao noivo sobre ter sido agarrada na sala de música, esperava que agora Stephen o atacasse. Em vez disso, o garoto lhe ofereceu um sorriso amigável:

— Quer se juntar a nós, Dragomir?

Eric engoliu em seco e fez que não com a cabeça:

— Não, tenho umas coisas para fazer. Ei, você viu a Rhea por aí? Queria dar os parabéns pelo nosso fracasso retumbante.

Stephen riu.

— Não me surpreende. Mas não, não sei onde ela está.

Isso não o surpreendia? Mas Rhea era tão inteligente. Teria facilmente ganhado o jogo, e Stephen nem fazia ideia disso. Eric guardou sua opinião para si e entrou na casa, tentando descobrir onde ficava o quarto de Rhea. Alguém lhe informou a localização e, preparando-se para ser rejeitado mais uma vez, bateu na porta. Esta se abriu, mas não era Rhea.

Era sua colega de quarto, que disse não ter visto Rhea desde o café da manhã. Uma sensação desagradável invadiu Eric, embora não soubesse por quê. Emma também havia desaparecido, mas não estava preocupado com ela. Com certeza, estaria reunida com amigas. Mas e Rhea? E ela?

Passou o restante da noite tentando ansiosamente descobrir o paradeiro de alguma das duas, sem sucesso. A festa recomeçou, e finalmente Eric avistou Emma no meio de um grupo. Eles trocaram olhares e ela então o ignorou de modo explícito. Deixou-a em paz, aliviado por ter encontrado pelo menos uma das duas. Estava bem. Zangada, mas bem. Embora detestasse a ideia de importunar Stephen mais uma vez, Eric acabou perguntando a ele casualmente sobre Rhea, dizendo que acabou não a encontrando.

— Ela está por aí — respondeu Stephen, descontraído. — Às vezes, ela gosta de ficar sozinha. Daqui a pouco aparece.

Eric não tinha tanta certeza disso. Sua preocupação não parava de crescer, e ele desejou que Stephen também compartilhasse seus instintos. Eric decidiu voltar ao quarto de Rhea — mas nunca chegou até lá. Deteve-se ao ver dois guardiões saírem correndo para fora da casa.

— O que aconteceu? — perguntou Eric. O pânico o invadiu. — Não é... não é um Strigoi, é? — Eric não conseguiria encarar isso de novo.

— Nem perto disso — disse um dos guardiões antes de dar um suspiro. Tinha aparência de durão como todos os demais guardiões, mas também parecia contrariado. — Temos um alimentador foragido. Ele não tem como sair da ilha, mas do jeito que eles são, provavelmente esse vai cair de um penhasco e morrer afogado. O sr. Zeklos não vai nem querer saber como termina essa história.

Eles se afastaram de Eric, deixando-o com olhos arregalados. De repente, soube onde estava Rhea.

Seis

Rhea não sabia bem como aquilo havia acontecido — provavelmente porque havia estado inconsciente a maior parte do tempo.

Lembrava-se de ter saído da sala de alimentação pelo corredor para se encontrar com Eric na fonte, mesmo sabendo que seria a coisa mais idiota que já havia feito. Ele provavelmente nem apareceria. De repente, um minuto depois, ouviu uma comoção vir de dentro da sala e então um grito abafado de espanto. Em seguida, Dennis surgiu correndo da sala com olhos arregalados, e tudo ficou escuro.

Havia acordado — com dor de cabeça — no que parecia ser uma gruta. Era rochosa e apertada, e o chão duro aumentava seu desconforto. No início, não conseguiu ver nada, e então uma abertura na parede rochosa tornou-se mais clara. Avistou o céu estrelado — e uma silhueta negra tapando parte das estrelas.

— Dennis? — perguntou, com cautela.

O alimentador se virou e um sorriso iluminou seu rosto ao ver Rhea acordada.

— Rhea, que bom ver você de pé. Não queria ter te machucado, mas a gente precisava tirar você de lá e tive medo de alguém te escutar. Está tudo bem? — disse ele indo até ela, que recuou bruscamente.

— Tudo bem... tudo bem — respondeu ela, tentando manter a calma e não deixar o batimento frenético do coração a delatar. — O que está acontecendo, por que estamos aqui?

— Eu libertei a gente — respondeu Dennis. — Foi tão fácil. Não sei por que não tinha pensado nisso antes. Eles estavam tão ocupados.

Rhea tentou olhar de relance o que havia fora da caverna. Viu apenas mar e árvores. Mas a paisagem era diferente da vista da casa de praia de Zeklos. Lembrou-se dos penhascos do outro lado da ilha e tinha uma boa noção de onde estavam.

— Dennis — disse ela com delicadeza, usando o tom reconfortante que sempre usava ao falar com ele —, precisamos voltar. As pessoas vão ficar preocupadas com a gente.

Ele balançou a cabeça nervosamente.

— Não, não. Eles estão nos oprimindo. Mantendo a gente separado. Agora seremos livres. Vamos ficar aqui um pouco e então achar um barco. Vamos fugir juntos. Só você e eu.

Rhea respondeu mentalmente: *Está de brincadeira?* Mas o olhar doentio de Dennis dizia que ele nunca havia falado tão sério.

— Não podemos. Não podemos ficar aqui. Não podemos viver juntos no continente.

— Vou tomar conta da gente. Vai ser moleza. Foi isso o que a menina bonita de cabelos castanhos disse.

— A menina bonita... deixa para lá. Escute, isso não vai funcionar. Precisamos voltar. Por favor.

Dennis estava destemido.

— Você vai poder se alimentar do meu sangue o quanto quiser. Não vai precisar se preocupar com isso.

— Esse... esse não é o problema.

— Qual é o problema? — o tom animado tornou-se sombrio subitamente. A mudança brusca nas expressões faciais de Dennis a fez estremecer. — Você não quer ficar comigo? Não gosta de mim?

— É... claro — disse Rhea, tentando desesperadamente identificar suas opções. Ela se perguntou se talvez não pudesse simplesmente passar por ele e ir embora. Mas pela visão da entrada tomada pelo céu, teve a desagradável sensação de que eles estavam perigosamente próximos de um precipício. — Mas gosto de como estava tudo antes. Eu... eu achava que você era feliz.

Quem sabe fazendo o jogo de Dennis, Rhea conseguiria se livrar.

— Estavam nos negando o que realmente queríamos. O que precisamos. — Ele se aproximou de Rhea e desta vez ela não pôde recuar. Não havia espaço na caverna. — Eles só deixam você se alimentar uma vez por dia.

— É o quanto preciso. — Ela bateu as costas contra a parede de pedra. — Não tem problema.

— Não. Sei que você quer mais. Eu quero mais. Quero agora — disse ele, e então a puxou, pegando-a pela cintura. Ela relutou, odiando o jeito com que ele a agarrava. Mas Dennis era mais forte. — Vai. Bebe agora. Bebe.

Ele expôs o pescoço e ela mal conseguiu balançar a cabeça negativamente.

— Não...

— Vai! — vociferou Dennis, sua voz perfurando os ouvidos de Rhea. Ele a agarrou com mais força, machucando-a.

— Bebe!

Apavorada, Rhea obedeceu, mordendo o pescoço de Dennis e em seguida dando-se conta do que estava fazendo. O sangue estava mais doce do que nunca, mas Rhea não o desfrutou, nem mesmo quando ele a soltou um pouco. Em pânico, buscou uma saída. E se ela bebesse mais do que o de costume? E se bebesse o suficiente para deixá-lo fraco? Talvez ele desmaiasse. Mas então todos os tabus e alertas sobre alimentação a amedrontaram. Poderia matá-lo acidentalmente e se transformar numa Strigoi.

Ele fez a escolha por ela. Com um impressionante autocontrole, ele se afastou, o rosto radiante:

— Isso foi... incrível... — sussurrou ele. Parecia estar em completo êxtase; e perigoso. — Viu? Posso lhe dar tudo o que precisa e... Ah!

Alguma coisa o acertou nas costas. Ou melhor, alguém. Eric Dragomir havia entrado na caverna tão silenciosamente que nem Rhea nem Dennis o haviam notado. Furioso, Dennis se virou e partiu para cima de Eric, jogando o Moroi contra a parede. Rhea gritou. Ela havia imaginado que Dennis estaria preguiçoso pela mordida, mas, pelo contrário, ele parecia superalimentado, invencível.

Por milagre, Eric continuou de pé. Investiu novamente contra Dennis e os dois engalfinharam-se de modo que nenhum parecia ganhar vantagem sobre o outro. Cada um tentava um empurrão ou um murro. Eric puxava Dennis e este o empurrava para a frente. O problema era que Eric estava de costas para a entrada da caverna, e se fosse empurrado com muita força tropeçaria sobre o precipício que Rhea suspeitava existir do lado de fora.

Como faziam pouco exercício, os alimentadores não eram musculosos. No entanto, a falta de músculos não parecia deter Dennis, que lentamente, passo a passo, foi empurrando Eric para fora da caverna. Eric transpirava, com os caninos afiados expostos enquanto tentava revidar. Nenhum dos dois era treinado como os guardiões e havia algo de primitivo e brutal na luta.

Finalmente, Dennis conseguiu empurrar Eric até a boca da caverna e foi quando Rhea decidiu que tinha que agir. Mas não sabia o que fazer. Se tentasse acertar Dennis, Eric poderia ser empurrado ainda mais para fora. Ainda assim, não parecia haver outra opção e era melhor agir antes que fosse tarde.

Ela correu na direção dos dois e chutou uma das pernas de Dennis, na esperança de desequilibrá-lo.

Conseguiu, mas não o bastante para derrubá-lo. Ele a empurrou com o ombro, mas se afastou de Eric alguns passos. Se conseguisse distrair Dennis mais um pouco, Eric talvez conseguisse progredir. Mas tudo o que ela tentava parecia inútil. Ela não tinha força para realmente esmurrá-lo. Na verdade, nem sabia como dar um soco. Eric aproximou-se da saída da caverna mais uma vez. Foi quando Rhea avistou uma pedra no canto da caverna, um pouco menor do que uma bola de boliche. Torcendo para conseguir deixar Dennis desacordado como ele havia feito com ela, apanhou a pedra com dificuldade. Ela e Dennis tinham quase a mesma altura. Com toda sua força, jogou a pedra, que bateu na cabeça do garoto. Ele não desmaiou como ela esperava, mas soltou Eric completamente e cambaleou, desorientado. Na verdade, Dennis estava tão tonto que foi andando para frente, na direção do penhasco.

Rhea voltou a gritar:

— Detenha-o!

Eric tentou agarrar o homem que havia tentado matá-lo, seu rosto em desespero. Dennis percebeu o que estava acontecendo e tentou agarrar a mão de Eric, mas não tinha onde apoiar o pé. A beirada do abismo deslizou, com pedra e terra. Dennis gritou, tentando desesperadamente agarrar-se a alguma pedra firme, mas não conseguiu. Eric se deu conta de que acabaria caindo se continuasse próximo à beirada e se jogou para dentro da caverna, puxando Rhea consigo. Dennis desapareceu no lado de fora, ainda aos berros — e segundos depois houve silêncio.

Rhea pressionou a cabeça sobre o peito de Eric, surpresa por estar aos prantos.

— Ei, está tudo bem — reconfortou-a, acariciando os cabelos dela. — Você está segura. Está bem.

As palavras a recordaram da noite em que se conheceram no iate, quando ele também a tinha reconfortado. E a contragosto, lembrou-se da pergunta que Eric havia feito na sala de música sobre se havia alguém para reconfortá-la.

Ergueu o rosto e viu que Eric estava tenso. Tremia tanto quanto ela, mas queria manter as aparências.

— *Você* está bem? — perguntou ela.

— Agora que sei que você está bem, sim — respondeu, embora a expressão de seus olhos verde-claros não conseguissem disfarçar seu estado de perturbação, a mesma expressão que Rhea suspeitava compartilhar. Nunca havia visto ninguém morrer. Dennis a tinha apavorado e ela desejou escapar desesperadamente... mas não queria a morte de Dennis. Ninguém merecia morrer daquele jeito. Engoliu em seco e voltou a se concentrar em Eric.

— Como... o que está fazendo aqui? — balbuciou ela.

— Não encontrava você em lugar nenhum... saí perguntando para as pessoas. Ninguém sabia de nada. Ninguém desconfiou que houvesse alguma coisa errada — disse ele, com tom amargo. — Os guardiões comentaram que Dennis havia fugido e então eu... soube. Soube que ele estava com você. Os guardiões ainda estavam revistando a casa e não encontraram nada, e eu me lembrei do Jared comentar que vinha até aqui escalar. Resolvi tentar a sorte.

De repente, Rhea se lembrou de Dennis dizer que a "menina bonita de cabelos castanhos" o havia encorajado a fugir com Rhea. Ela tinha uma boa ideia de quem era essa garota, mas decidiu não tocar no assunto por enquanto.

— Por que não chamou os guardiões para virem com você?

— Eles não acreditaram em mim. Acharam que ele estava drogado demais para ser perigoso. Suspeitavam que Dennis estivesse escondido em algum lugar nos jardins. Além disso, Stephen disse que você gosta de fazer caminhadas sozinha, então, ninguém achou que você e Dennis estariam juntos.

Eric continuava acariciando os cabelos de Rhea, o que para ela parecia a sensação mais perfeita do mundo.

— Você devia ter insistido mais para tentar convencer os guardiões. Não devia ter vindo sozinho — argumentou ela. — E sua família... se tivesse acontecido alguma coisa com você... não haveria mais nenhum Dragomir...

Ele ainda parecia abalado pelos últimos acontecimentos, mas deu um sorriso tímido.

— Valeu o risco. Tinha muito mais medo de que não houvesse mais Rhea.

Ela o encarou, sem coragem de acreditar que alguém pudesse fazer algo assim por ela. Um sentimento estranho e maravilhoso invadiu-lhe o peito, e desta vez foi ela quem o beijou. Era tão estranho beijar num lugar onde uma pessoa havia acabado de morrer diante de seus olhos, mas, no entanto... parecia o certo a fazer. Eles estavam vivos. O beijo estava vivo.

Rhea quis beijá-lo para sempre e teve a sensação de que ele ficaria feliz em poder fazer o mesmo. Mas havia muitas coisas com que se preocupar. Coisas horríveis. Teriam que voltar e relatar o que havia acontecido. Eles teriam que...

— Emma e Stephen... — murmurou ela quando os dois se afastaram um pouco. — O que faremos?

— Vamos conversar com eles — disse Eric. Ele hesitou. — Se você... quero dizer, se você quiser...

Ela o observou, recordando-se de que mal o conhecia. Qual era o seu desejo? Ela e Stephen eram amigos havia muitos anos — quase irmãos. Ele a amava... mas Rhea não era apaixonada por ele. Até esse momento ela havia achado que isso não tinha importância, contanto que sentisse carinho por Stephen. Agora percebia que isso tinha toda importância. Amor devia ser muito mais do que querer bem a outra pessoa. Não queria partir seu coração... mas também não queria se arrepender por não ter aproveitado essa chance de ficar com alguém que parecia querer, de verdade, ficar com ela, não apenas pelo que ela poderia lhe proporcionar. Eric tinha razão quando disse que Rhea estava sempre querendo cuidar dos outros. Agora, pela primeira vez, faria o que seu coração mandava.

— Vamos falar com eles — repetiu ela.

Ele a pegou pela mão e a levou para fora da caverna, ajudando Rhea a ficar longe da beirada do precipício. Ela suspeitou que não era tanto pela segurança, mas, sobretudo, para que não visse o corpo de Dennis. A trilha de descida até a casa era bem aberta, o que explicava Dennis e Eric terem conseguido chegar até a caverna.

No meio do caminho, Eric parou e a encarou, com olhos maravilhados.

— O que foi? — perguntou ela.

— Seus cabelos... mesmo na luz do luar... parece o sol. Nunca mais precisaria sair na rua se tivesse você ao meu lado.

Ela o empurrou para frente:

— Acho que você bateu com a cabeça naquela briga heroica.

— Você, sim, foi heroica — disse Eric, subindo numa pedra. — Me lembra as histórias da Rússia que minha avó costumava me contar. Conhece alguma? Vasilisa, a Valente?

— Não. Minha família é da Romênia. Nunca ouvi falar de nenhuma Vasilisa — respondeu Rhea, olhando o céu, pensativa. — Mas eu meio que gosto desse nome.

Ressuscita-me

ALYSON NOËL

"Porque os mortos viajam depressa" — Bram Stoker, *Drácula*

P^{are.} Apesar da aglomeração de pessoas acotovelando-se ao meu redor, esbarrando as malas em minhas costas e murmurando obscenidades entre os dentes, permaneço firme, enraizada no chão. Fico um tempo examinando o terminal do aeroporto — desde o piso de azulejos imundos, tão distantes da cor branca original que nunca voltaria a ser o que era, até as paredes beges deprimentes com placas pretas e setas amarelas espalhafatosas apontadas para destinos importantes, como banheiros e pontos de táxi e ônibus. Volto a ajustar a alça da bolsa com o material da aula de arte socado dentro e me pergunto o que terá acontecido com o resto do meu grupo — se por acaso se perderam e deram meia-volta, confusos com as placas, e acabaram indo na direção errada. Quero dizer, não é possível que eu seja a única pessoa que conseguiu chegar tão longe, *certo*?

A multidão continua passando e se esbarrando, até finalmente afunilar-se e só restarmos eu e ele: Monsieur Esquisito, com calça xadrez, sapatos estranhos, um suéter azul amassado e mal-ajustado. Ou melhor, já que estou na Inglaterra, será *Sir* Esquisito. E como ele segura uma placa que diz ACADEMIA DE ARTE MANSÃO SUNDERLAND, concluo tratar-se do meu guia.

Vou em direção ao homem e faço o possível para ignorar o casal excessivamente carinhoso que acaba de passar por mim — como se acariciam e se olham e se beijam como se fosse a primeira vez —; embora, ignorado por eles, pudesse muito ser a última vez. De forma dolorosa, sinto o pequeno nó de cinismo, tão familiar, que agora reside em mim; ao qual dei o nome de Jake, em homenagem à pessoa responsável por colocá-lo ali. Eu me lembro de que também éramos assim, e de que nos acariciávamos com a mesma intensidade, e de como nos beijávamos assim, até Jake acordar um dia e decidir que preferia acariciar e beijar minha melhor amiga, Tiffany.

— Mansão Sunderland? — pergunta o Esquisito, com sotaque tão carregado que demoro alguns instantes para perceber que falava inglês.

— Sim, hum, *sim*, sou eu — digo, balançando a cabeça sem conseguir me sair muito bem na língua materna. — Sou... é... *aluna* da Mansão Sunderland — assinto com a cabeça.

— Então, é ixto?

Olho em volta e dou de ombros, sem saber o que responder. Sem saber como um artista que se dá ao respeito perde tempo em criar cuidadosamente um portfólio na esperança de ser aceito para a mais exclusiva academia de arte para jovens (como afirmava o folheto) para perder o voo ou simplesmente desistir. Mas talvez os demais candidatos não precisassem disso tanto quanto eu. Afinal, suas vidas estavam livres de Jake e Tiffany.

Tiro os cabelos longos e escuros do caminho e passo a bolsa verde-exército com material de pintura para o outro ombro. Ainda me lembro da cara da Nina quando escolhi essa bolsa em vez da que ela havia comprado para a minha viagem. Ora, apesar de ter prometido ao meu pai me esforçar para aceitá-la, o fato de ela ter me dado de presente uma bolsa azul-turquesa coberta de hibiscos rosa meio que prova que ela não se esforça muito para *me* aceitar.

— Nome, por favor? — pergunta ele, ou melhor, resmunga; soa mais como um resmungo, como se estivesse com muita pressa ou coisa parecida.

— É... Danika — digo, acenando positivamente com a cabeça. — Danika Kavanaugh? — digo como se fosse uma pergunta e esperasse que ele confirmasse o meu próprio nome. Reviro os olhos e balanço a cabeça. Bom saber que continuo tão idiota no Reino Unido como era nos Estados Unidos.

Ele faz que sim com a cabeça, preenche a lacuna ao lado do meu nome e sai rapidamente pelas portas de vidro, presumindo que vou segui-lo; o que faço.

— É, mas e a minha bagagem? — pergunto, com a voz esganiçada e exageradamente ansiosa, do jeito mais patético possível, tipo: *por favor, goste de mim.* — Disseram que ainda não chegou... acha que vão enviar as malas ou teremos que voltar aqui?

Ele balbucia qualquer coisa, de costas para mim, algo que parece ser "vão enviarr". Mas caminha tão rápido que não dá para ter certeza.

— Então, o senhor sabe o que aconteceu com os outros? — falo, com os olhos fixos na parte de trás da cabeça do homem; a careca dele brilha como peroba e ao redor há um chumaço de cabelo tão ruivo que chega a ser suspeito, como se o tingisse ou algo parecido. Esforçando-me para acompanhar o ritmo do velho magrela que se move com uma velocidade terrível para alguém em idade avançada, digo, ofegante devido ao esforço:

— Quero dizer, não há mais gente?

Acabo de fazer a pergunta e ele para tão abruptamente que me choco contra ele. Sério, bem em cima do homem. *Que constrangedor.*

— Receio ser tarrde demais para elex agorra, senhorita — diz ele, totalmente impassível ao golpe que dei em suas costas com minha bolsa. Ele tira a bolsa do meu ombro e acrescenta, sem vacilar nem um instante:

— Principalmente com a névoa engrossando dexte jeito.

Semicerro os olhos. Com as sobrancelhas franzidas e o nariz torcido, olho ao redor e não consigo entender o que ele quer dizer. Sim, está um pouco nublado, escuro, cinzento, mas espera aí, estamos na Inglaterra; já era bem de se esperar, não? E para falar a verdade, não vejo nenhuma neblina. Nem um rastro. Então me viro para ele e digo exatamente isso, certa de que entendi errado por causa do sotaque.

Ele apenas me encara, severo, fazendo sinais com os dedos para que me apresse e entre no veículo.

— Neblina não tem nada a ver com névoa — diz ele.

— Agora vamos andando antes que piore.

Encolho-me na parte de trás da van, bem enrolada no casaco azul-marinho, enquanto ele fecha a porta e se acomoda. Enfio os dedos no fundo do bolso direito do casaco e tateio a pequena moeda que minha avó costurou lá dentro anos atrás, quando ele ainda pertencia à minha mãe, bem antes dela morrer e de eu herdá-lo. Olho para fora com a testa grudada no vidro embaçado da janela e penso que se me concentrar acabarei vendo a tal da névoa que o preocupa tanto. Mas não vejo nada. Então faço uma última tentativa e digo:

— Para mim a visibilidade está ótima...

Ele apenas resmunga, com as mãos agarradas ao volante e olhos fixos na estrada, e então diz:

— Não é assim que funciona a névoa... nunca é o que parece.

Adormeço.

Bem, não me lembro de nada da viagem, por isso suponho que foi o que aconteceu. Só sei que num minuto estávamos no estacionamento do aeroporto municipal e no seguinte era como se eu estivesse em outro planeta, acordada pela série de solavancos na estrada: uma desagradável combinação de buracos enormes com péssimos amortecedores.

— É ali? Lá em cima? — digo e semicerro os olhos, tentando enxergar ao longe, ainda incapaz de ver qualquer vestígio da névoa da qual ele tanto falava. Avisto uma enorme edificação de pedra idêntica às assustadoras mansões dos antigos romances góticos; os meus preferidos. Como aquelas casas sombrias, fúnebres, repletas de antiguidades de valor inestimável, segredos, criados esquisitos, fantasmas ressentidos e uma governanta solitária, inexpressiva, que não pode evitar se apaixonar pelo mordomo bonitão, alto e moreno, embora tente resistir ao máximo.

Ajeito-me no assento e pego minha bolsa à procura de um caderno de rascunhos, pois quero fazer um esboço das primeiras impressões, documentar tudo o que vejo do início ao fim. Mas a estrada está esburacada demais, e o lápis derrapa no papel repetidas vezes. Desisto antes de começar e fico ali sentada, abobalhada, observando.

O veículo para em frente a um portão imponente e o motorista desce o vidro, aperta um botão e diz:

— Ela chegou.

O que francamente me parece um pouco estranho. Tipo, *ela chegou*? Ele não devia ter dito *chegamos*? Eles não estão esperando um grupo de estudantes?

Cinco artistas jovens e talentosos eleitos entre milhares.

Cinco almas afortunadas que não apenas passaram por uma rigorosa prova com várias etapas, como também tiveram que criar um portfólio de pinturas feitas especialmente para o processo seletivo — um portfólio de pinturas representando nossos sonhos.

E não eram *sonhos objetivos*. Falo dos *oníricos*. Sempre tive muitos sonhos, todos muito vívidos, enérgicos, poderosos, cheios de cores, e soube na mesma hora em que recebi o folheto pelo correio que essa era a escola ideal para mim. Pela facilidade com que fiz o portfólio, acho que estava certa.

Mas por mais vibrantes que os meus sonhos possam ser, nunca sonhei com um lugar assim. Um lugar com uma entrada para carros tão comprida, íngreme e sinuosa rodeada de rosas coloridas e exuberantes com caules cheios de espinhos que quase alcançam e arranham o vidro da janela da van. Ao chegarmos ao topo, salto e olho tudo, determinada a absorver cada detalhe da paisagem.

Fachada de pedra, gárgulas, abutres no céu, pequenas esculturas esquisitas de criaturas com asas e gremlins — é simplesmente... *espetacular*. Total e completamente *perfeito*. Tudo que havia desejado e muito mais.

— Haverá muito tempo para isso — diz o motorista, pendurando a minha bolsa no ombro e entrando por uma porta que é aberta por uma senhora de cara sisuda, cabelos longos e grisalhos, presos num coque apertado na nuca, vestido preto austero com colarinho e avental brancos. Sua pele é tão pálida e translúcida que parece nunca ter visto um único dia de sol.

— Mas olhe para você. Deve ser a Dani?

Confirmo com a cabeça e me pergunto como ela sabe o meu apelido quando o nome que preenchi na ficha de inscrição foi Danika.

— Sou Violet — diz como se fosse uma reflexão tardia, como se estivesse ocupada demais me observando para se preocupar com cortesias e pequenos detalhes. — Bem, você é inteligente e bonita, não é? — Ela me olha de cima a baixo, os lábios finos e secos curvando-se num sorriso enquanto a pele frágil ao redor dos olhos dobra-se nas laterais. — Jovem, forte, com um corpo saudável, imagino. Quantos anos você tem?

— Dezessete. — Cruzo os braços com força, curiosa para saber se em algum momento ela vai me convidar para entrar.

— Bem, você vai se dar muito bem aqui, vai sim — diz ela, concordando com a cabeça e fazendo um gesto para eu entrar; em seguida troca olhares com o motorista, que não consigo interpretar, e acrescenta: — Vamos, vamos, entrem, vão acabar pegando uma gripe aí fora. — Ela me leva até um lobby tão quentinho, tão aconchegante que me sinto em casa.

Bem, na verdade, não na *minha* casa. Nada a ver com o apartamento superlotado que era perfeito quando vivíamos eu e meu pai nele — antes de Nina se mudar para lá com toda sua parafernália —, mas sim o tipo de casa que sempre *desejei* ter. Uma casa cheia de história e mistério — repleta de móveis de madeira escura e lustrada, tapetes antigos, candelabros grandiosos, e arranjo atrás de arranjo daquelas rosas vermelhas incríveis com longos caules cheios de espinhos — bem diferente do que estou acostumada a ter.

— Uau — digo quase num sussurro enquanto contemplo o lugar, ansiosa por poder explorar cada cantinho pelas próximas semanas. — É tudo tão... *magnífico* — acrescento, surpresa comigo mesma por usar essa palavra. Quero dizer, fala sério. *Magnífico?* Tudo bem falar *irado, incrível* ou...

— É, por favor, por aqui, senhorita — concorda Violet, assentindo e pegando o casaco que levo sobre os ombros. Seu toque frio continua a me dar calafrios mesmo depois que ela entrega o casaco ao motorista, que desaparece com ele pelas escadas. — Falta pouco agora.

Olho para ela e me pergunto o que ainda falta, já que tudo parece perfeito, nos mínimos detalhes. Observo como ela manuseia nervosamente um estranho pingente preto e brilhante, com os olhos atentos em mim, enquanto aponta para um salão e diz:

— Foi ali que começou... o incêndio — disse ela, continuando a me examinar. — Como pode ver a restauração não está... *completa.*

Semicerro os olhos e percebo um enorme espaço que realmente aparenta estar bem destruído. Ao olhar com mais cuidado para o restante da casa vejo que toda ela apresenta certo desgaste e decadência que devo ter ignorado pelo arroubo inicial.

— Venha comigo — diz Violet, e sua mão pequenina e fria pressiona minhas costas. — Preparei para você uma bela ceia e chá antes de ir para a cama.

Cama?

Paro, e meus olhos buscam uma janela, mas estão todas cobertas por pesadas cortinas. Perguntei-me por que ela disse isso, já que ainda é dia lá fora.

— Você fez uma viagem longa, fez sim — disse ela, mexendo a cabeça positivamente como se tivesse feito a viagem transatlântica sentada bem ao meu lado no avião. — Deve estar exausta com o jet lag, não?

Estou prestes a responder que não, que não estou nem um pouco cansada, que estou completamente ligada e pronta para explorar o local até os outros estudantes chegarem, mas então ela me fita com seus olhos azul-piscina e me escuto dizer:

— Comer um pouquinho seria bom. Pensando bem, estou mesmo cansada.

"Tudo o que vemos ou parecemos não passa de um sonho dentro de um sonho" — Edgar Allan Poe

Está frio. Gelado, glacial, gélido. Mas não é assim que me sinto, então não me afeta realmente. Toda minha consciência está focada nas insistentes marteladas do coração, enquanto piso com pés descalços pelo chão polido de pedra. Abro caminho por uma névoa tão densa que parece pulsar com vida — como se fosse real, um ser vivo.

Mas não vai me deter. Não importa quão ruim seja a visibilidade, vou seguir em frente, continuar meu caminho na direção da luz vermelha radiante. Ele está aqui... em algum lugar... e precisa que eu me apresse...

Ligo o interruptor, apertando os olhos enquanto o quarto se enche de sombras e luz. Noto uma fina camada de bruma pairando e me pergunto como isso entrou ali dentro, já que a porta está fechada e as janelas estão cobertas por pesadas cortinas cheias de franjas.

Afasto as cobertas e me enfio num robe deixado ao lado da cama. Faço uma pausa e toco o tecido sedoso e macio, tão diferente dos pijamas de flanela desmaze-lados que costumo vestir, e o experimento confortavel-mente, enquanto observo o amplo ambiente a minha frente: a penteadeira repleta de lencinhos de crochê, pentes e escovas de cabelo com cabo de prata e um candelabro de cristal pendurado no teto, lareira com o carvão ainda em brasa que Violet havia acendido mais cedo, o pequeno sofá de veludo recolhido num canto. E um cavalete à minha espera... tudo arrumado e pronto com uma tela novinha em folha implorando para eu lhe trazer à vida.

— Pinte seus sonhos — disseram, e é o que faço. Cogitei por um instante ligar para casa e avisar que cheguei bem, mas abandono a ideia com a mesma rapi-dez. Desde a mudança de Nina, meu pai anda ocupado demais para se preocupar comigo, é muito provável que tenha se esquecido completamente de mim. Além disso, prefiro pintar. Preciso pintar enquanto as imagens ain-da estão frescas na memória.

Tiro a bolsa que está num banco ao pé da cama, satisfeita comigo mesma por ter sido esperta e não ter despachado com o restante das malas extraviadas os meus melhores pincéis e as tintas. Espremo os tubos com tinta preta, branca e vermelha, certa de que basta esta paleta para este sonho em particular, um sonho sonhado anteriormente, embora apenas em pedaços, fragmentos, nunca vibrante como agora. E estou tão imersa no tema, que nem percebo quando Violet entra no quarto.

— Desculpe interrompê-la, senhorita, mas ouvi seus movimentos e pensei que talvez quisesse comer alguma coisa.

Ela vem na minha direção e deixa a bandeja ao lado do sofá de veludo, enquanto franzo a testa para a minha pintura. Estou penando para conseguir pintar a névoa há quase uma hora e ainda não consigo o efeito desejado. No sonho era tão vívida, mas na tela não passa de um borrão branco, estático.

— Olhe, não sou expert, mas parece estar ficando muito bom, senhorita. Muito bom mesmo — diz ela, se posicionando ao meu lado e semicerrando os olhos.

Dou de ombros, apertando um dos lados da boca, e desejo poder concordar com ela. Tudo bem que sou minha maior crítica, mas o fato é que não cheguei lá ainda. Não estou nem perto.

— Talvez um toque a mais de... vermelho. Bem ali, senhorita — continua ela, apontando para o centro da tela, o único ponto em que há cor real. — Se não se incomoda que eu diga.

Olho de relance para ela e noto como parece bem mais jovem do que mais cedo — seu rosto está mais redondo, mais cheio, com as bochechas coradas. Culpo a pouca luz e o cansaço da viagem pela primeira impressão; concentro-me novamente na pintura e sigo a sugestão. Então nós duas nos afastamos e examinamos o resultado.

— Como disse, não sou expert, mas parece melhor agora, não parece? Falta um pouco mais de... vida... O que acha?

Seus olhos azuis se iluminam, a face corada fica ainda mais rosada e por alguns instantes ela está tão transformada que não consigo deixar de encará-la.

— Está melhor — digo, concordando com a cabeça e olhando para ela e para a pintura. — Estou pensando em me vestir e ir conhecer a cidade, comprar algumas coisas, enquanto as minhas malas não chegam. Pode me emprestar um mapa ou algo parecido? Ou pelo menos me explicar onde ficam as lojas?

Ela morde o lábio e espreme os olhos. E por um segundo parece desapontada com a pergunta, mas a impressão desaparece quando ela diz:

— Claro, senhorita. Será um prazer. Mas acho que agora não é o melhor momento. É melhor adiar para um pouco mais tarde, não?

Inclino a cabeça, o pincel oscilando ao lado, e me pergunto o que ela quer dizer.

— Não sei se reparou, mas ainda está escuro lá fora e falta muito até amanhecer. — Ela vai para a janela, abre a cortina num único e rápido movimento, revelando uma paisagem tomada pelo breu e volta a fechar a cortina. — Ah, e você pode querer tomar cuidado com essa tinta aí, senhorita. — Ela aponta para os meus pés. — A restauração demandou muito trabalho e a gente detestaria que estragasse tão rápido.

Olho para baixo e prendo a respiração ao ver uma poça de tinta vermelha, viscosa, ao meu redor. Mas num piscar de olhos desaparece e só o que vejo são algumas gotas que ela limpa prontamente.

— Desculpe... eu... — balbucio e balanço a cabeça, ainda chocada com o que sei que vi segundos atrás.

— Não tem importância — diz ela, se dirigindo para a porta. — Apenas... — faz uma pausa, estudando-me enquanto aperta o pingente preto e brilhante pendurado no pescoço. — Tome cuidado, só isso.

Assim que ela sai, deixo a pintura de lado e decido me vestir. Sei que está no meio da noite, mas o fato é que estou tão ligada que vale a pena, pelo menos, explorar a casa e os arredores. E, depois de tremer debaixo de uma ducha de água fraca, que nunca se aventurou a passar de morna, e usar um sabonete feito à mão, com perfume peculiar, que me deu saudade do sabão líquido e cheiroso de casa, sento-me à penteadeira, penteio os cabelos molhados com uma das escovas de cabo prateado e experimento um óleo perfumado de um recipiente de vidro antigo, torcendo para que ajude a neutralizar um pouco o fedor do sabonete. Em seguida, vou buscar as roupas que usava quando cheguei, pois graças à companhia aérea, não tenho outra opção.

Mas depois de checar o armário, as gavetas, e todo lugar possível de se guardar um suéter preto de gola V, um jeans desbotado e um casaco azul-marinho feito à mão e nada encontrar, chamo Violet, que me informa que colocou tudo para lavar.

— Mas agora não tenho nada para vestir — resmungo, dando-me conta de que alterei a voz algumas oitavas a mais do que pretendia. Mas, espere aí, sou filha única, não estou acostumada com gente mexendo nas minhas coisas.

— Desculpe, senhorita. — Ela desvia o olhar de um jeito que me faz sentir pequenininha. — Só estou tentando fazer com que tudo caminhe sem percalços.

Suspiro. Sei que qualquer coisa que eu diga vai me taxar de americana mimada e malcriada. Além disso, o principal motivo de vir para cá não era desenvolver minha arte e viver uma experiência diferente da minha realidade suburbana em Los Angeles? Além de desfrutar de um tempo longe de Jake, Tiffany e Nina? Agora que estou aqui talvez seja o momento de abraçar isso.

— Desculpe — digo, dando de ombros — Não quis ser grosseira... é que...

— Vou verificar pela manhã — informa ela, acenando com a cabeça. — Tenho certeza de que voltarão para você em tempo. Mas, por enquanto, por que não escolhe uma roupa daqui, do armário, para vestir? — complementa com um sorriso encorajador. — Tem camisolas lindas, senhorita. Muito clássicas. Fazem parte da restauração. Cada detalhe foi anotado e providenciado.

Inclino a cabeça e torço o nariz, nem um pouco convencida. Não curto camisolas antigas e elegantes. Faço mais o estilo garota-de-casaco-e-calça-cargo.

Estou prestes a dizer isso e perguntar se não teria como me arranjar algo menos espalhafatoso, quando ela comenta:

— Não dá para saber qual o seu estilo até provar algumas, certo?

Semicerro os olhos, confusa se não teria dito o que pensei em voz alta, embora tenha certeza de que não o fiz.

— Além disso — acrescenta ela —, você não vai sair mesmo nem ninguém vai chegar... pelo menos não por enquanto. Então se estava preocupada de alguém vê-la vestida assim, esqueça. Ainda está escuro lá fora, mas a névoa está tão espessa que deve demorar dias para ir embora, talvez até uma semana. Tudo está sendo adiado por causa disso, então é bom aproveitar o tempo livre.

— Mas e os outros estudantes? — perguntei, imaginando de quem sentia mais pena: de mim ou deles. Quero dizer, tudo bem, até que é legal ser a primeira a chegar e a explorar o lugar, mas alguma companhia não faria mal, não é?

— Ah, sinto muito, senhorita, mas não sei nada sobre isso. Sei que não virão hoje, isso com certeza.

Ela vai até o armário e tira um vestido vermelho de seda com um decote de tirar o fôlego, busto superjusto e saia longa até o pé. Ela olha para o vestido com tamanha cobiça e admiração que quase sugiro que ela o vista. Mas então Violet se vira para mim e diz:

— Nunca brincou de se fantasiar, senhorita? Nunca vestiu as roupas da sua mãe?

Franzo a testa e penso em minha *mãe*, uma professora primária batalhadora, prática e sem frescura, que na verdade nunca teve muitas oportunidades para usar esse tipo de vestido nem nada parecido com isso... no máximo uns cardigãs e calças com pregas.

— Para ser sincera, não — respondo.

Ela me olha, com os olhos brilhantes de entusiasmo.

— Pois bem, eu diria que esse é um bom momento para ser a primeira vez.

"Os tolos correm para onde os anjos temem pisar" — Alexander Pope

Três

— Bem, normalmente colocaria um espartilho em você e apertaria tanto os cadarços que gritaria pedindo piedade, mas hoje em dia vocês, meninas, são tão magrelas e musculosas por causa de exercícios que um espartilho já não é necessário, pelo menos, no seu caso.

— Hoje em dia? — digo, então viro-me, olho para ela e me pergunto se estou com problema de vista, pois agora ela parece ainda mais jovem do que alguns minutos atrás. Balanço a cabeça e olho para o espelho, ciente de que sou falsa magra, não magrela. Definitivamente, não sou magrela. Aliás, nem atlética.

Ela morde os lábios um pouco mais, enquanto fecha os minúsculos botões revestidos que se enfileiram por todo o caminho das costas. Seus dedos são tão ágeis e rápidos que até parece estar acostumada a fazer isso.

— E então, o que acha? — Ela me posiciona bem em frente ao espelho de corpo inteiro e sai para um canto, longe da vista.

Suspiro, chocada com a transformação em minha pele, normalmente superpálida, criando um belo contraste com o vermelho intenso e deslumbrante do vestido, e com os seios arquejantes, agora bem mais fartos do que são, graças ao superdecote. E ao levar as mãos à cintura, severamente apertada, e às dobras suaves da saia rodada extravolumosa, só consigo pensar que o vestido é perfeito para mim.

Embora nunca tenha imaginado adotar *esse* tipo de estilo — brilhante, reluzente, vaidosa — e embora sempre prefira cores neutras, pouca estampa, cortes simples, talvez tenha me enganado a vida inteira. Talvez *esta* seja quem sou de verdade. E bastou um dia numa academia de arte na Inglaterra para descobrir.

Viro de um lado para o outro sem conseguir parar de me olhar no espelho. Pergunto-me se realmente será possível começar do zero, fresca, e me reinventar completamente.

Pergunto-me se é possível varrer da memória as imagens de Jake, Tiffany e Nina, simplesmente trocando o visual antigo por outro, novo e deslumbrante.

Contemplo os cabelos, admirada com os cachos suaves que emolduram meu rosto e com a forma como os meus olhos de um castanho comum agora parecem brilhar cheios de vida.

— Acho... acho que estou parecendo outra pessoa! — digo, com meus dedos perdidos entre os vincos sedosos da saia, com um sorriso que acentua as bochechas ruborizadas.

— Quem sabe você não é? — sussurra Violet, ausente, com olhos sombrios, como se estivesse perdida no tempo e no espaço. Então ela balança a cabeça e se vira para mim. — Mas ainda não está totalmente pronta.

Inclino a cabeça, com orgulho da minha imagem refletida no espelho, e, após contar a enorme quantidade de bijuterias, laços, e outros apetrechos, não consigo imaginar nada a ser acrescentado que não fique over. Então vejo que ela se encaminha para a penteadeira e em seguida abre uma caixa de joias de prata, e tira uma gargantilha linda de veludo com um pingente preto suntuoso e reluzente cheio de contas, muito similar ao que ela usa.

— É feito de linhito — diz ela, respondendo à pergunta estampada em meu rosto e prendendo a gargantilha em meu pescoço. — Restos fossilizados de um pedaço de madeira em decomposição muito comuns aqui nestes penhascos — continua, balançando a cabeça positivamente enquanto apanha mais alguns, que prende em meus cabelos, e então se afasta para ver o resultado. — A rainha costumava usá-lo como joia de luto.

— Joia de luto? — pergunto, erguendo as sobrancelhas. — Me parece um pouco... *sinistro*, não acha?

Mas Violet não escuta o comentário ou prefere ignorá-lo, pois um segundo depois ela bate as palmas das mãos e diz:

— Está perfeita, senhorita. Simplesmente *perfeita*.

* * *

O vestido é deslumbrante. Total e completamente deslumbrante. E mesmo decidida a usá-lo, junto com a joia de linhito que Violet me empurrou, quando o assunto é sapatos, aí, sou eu quem dito os limites.

Não importa o fato de que, assim como o vestido, os sapatos calçam com tanta perfeição que prendo a respiração de espanto. Não importa que não consiga evitar um leve frisson ao estilo Cinderela ao me sentar no sofá de veludo e deslizar o pé no sofisticado salto de veludo. Porque o fato é que tem um detalhe muito importante que ficou de fora deste conto de fadas: a verdade é que sapatos de cristal não são confortáveis e o mesmo vale para estes.

— Mas *tem* que usá-los — diz ela, com voz alterada e insistente, olhos arregalados, fixos em mim.

Seu olhar é tão convincente, tão persuasivo, que estou prestes a recuar e a ceder, mas me força a desviar os olhos para outro lugar. Reencontro minha voz e digo:

— Se gosta tanto deles, pode usá-los — digo, tirando os sapatos e calçando minhas fiéis botas Doc Martens que encontro debaixo da cama. — É sério, vá em frente, experimente. Eu vou ficar com estes aqui. — Aceno com a cabeça e bato um salto no outro, sorrindo com o ruído seco das solas de borracha.

Ela balança a cabeça decepcionada e morde os lábios com tanta força que vejo apenas uma linha branca no lugar da boca e não sei bem como reagir a isso. Ou seja, estamos falando de uma brincadeira. Qual o problema? Por que ela está tão empenhada em me fantasiar?

— E o seu café da manhã, senhorita? — recompõe-se ela, esfregando as mãos ao longo do avental e se movendo em direção à bandeja quase intocada que havia deixado mais cedo. — Posso levá-lo?

Olho para a bandeja um instante, ponderando se devo deixá-la levar a comida, quando vejo duas salsichas deliciosas como as que lembro ter comido à noite, e me vejo tomada por uma súbita vontade de comer mais.

— Não, pode deixar aqui — digo, arrastando a barra da saia ao andar na direção da bandeja. Decido sentar e comer um pouco antes de sair por aí para explorar.

— Na verdade, estou com muita fome — acrescento, espetando uma salsicha com o garfo e saboreando o gostinho quente que invade a boca, enquanto Violet deixa o quarto em silêncio.

"Todas as relíquias dos mortos são preciosas, quando em vida eles foram estimados" — Emily Brontë

Quatro

Estou rodeada pela névoa — branca, espessa, viscosa. Minhas mãos estendidas para a frente, em forma de concha, como se assim conseguisse arrancar o nevoeiro do caminho. Mas não consigo. A névoa escorrega pelos dedos e volta a se formar. Contudo, por mais indomável que seja, não consegue evitar que eu continue seguindo o brilho vermelho que me levará até ele.

Ele precisa de mim — e estranhamente, quanto mais perto fico, mais percebo que preciso dele também.

Mais alguns passos e estarei lá... serei capaz de agarrar e envolver a mão que conseguiu atravessar a neblina... chegando, me alcançando, acenando para que eu me aproxime mais... ainda mais perto... até...

A princípio, a figura parece um espírito... obscurecido pelo vapor... mas à medida que me aproximo, vejo melhor. A silhueta resplandecente e imprecisa de um homem alto, forte, moreno e lindo; de cabelos escuros e brilhantes, nariz retilíneo, queixo quadrado, bochechas salientes, sobrancelhas grossas... mas os

*olhos... os olhos são evasivos, e não consigo distin-
gui-los ainda...*

Acordo e levo algum tempo para me localizar — o vestido, o quarto, a bandeja com chá frio, torradas e ovos
intocados, e metade de uma salsicha atravessada no
prato. Nada disso faz muito sentido de início até que
gradualmente a ficha vai caindo... quem sou, onde estou e por que estou vestida assim.

Ergo as mãos para cima da cabeça e espreguiço. Fico
perplexa por ter adormecido desse jeito, enquanto co-
mia; ao mesmo tempo, é isso o que a diferença no fuso
horário faz: desorganiza o relógio biológico e desestru-
tura você completamente.

Mas nada disso importa, o que interessa é o sonho.
Ao me posicionar de frente para a tela, me impressiona
a facilidade com que tudo flui, como as novas imagens
se encaixam tão perfeitamente na cena que pintei mais
cedo. Falta apenas uma última pincelada dos cabelos
pretos, lisos e brilhantes quando alguém bate à porta.

— Ei, Violet! — digo, concentrada na pintura. —
Pode levar a bandeja se quiser. Pelo visto, estava mais
com sono do que com fome. Simplesmente desmaiei.

— Legal! O problema é que não sou Violet.

Viro-me e vejo um garoto mais ou menos da minha
idade apoiado na soleira da porta, que ao falar denun-
cia um leve sotaque britânico, embora pesadamente
americanizado, quando diz:

— Sou Bram.

Ergo a sobrancelha. Afinal, não é um nome muito comum nos dias de hoje.

— Minha mãe é gótica, o que posso fazer? — diz ele, dando de ombros.

— E seu pai? É gótico também? — pergunto enquanto observo o jeans escuro e justo, o moletom cinza e o blazer preto por cima de tudo, pensando que ele tem uma aparência tão normal que imagino que o provérbio "tal pai, tal filho" neste caso não condiz.

— Meu pai morreu — diz ele, assentindo, e sua resposta é pronunciada de um jeito que eu ainda não consigo ter quando falo da minha mãe: totalmente neutro, sem qualquer vestígio de estremecimento ou desconforto. Apenas a constatação de um fato, sem lugar para emoções.

— Sinto muito — afirmo, deixando o pincel na prateleira do cavalete e me arrependendo imediatamente, já que não sei o que fazer com as mãos.

— Não sinta. Tenho certeza de que não é sua culpa. — Ele dá de ombros e sorri, e então todo o seu rosto se ilumina de um jeito que parece muito familiar. Mas só consigo ver algumas partes: as covinhas, os dentes alinhados, a pele clara. O restante parece estar obscurecido por sombras. — E então, qual é a boa, aqui? Estamos na Mansão Sunderland, certo? Não me diga que entrei no lugar errado.

Faço que sim com a cabeça e o estudo atentamente, imaginando se ele é um dos estudantes e torcendo para que seja.

— Esta é a primeira boa notícia que recebo hoje — suspira ele, largando a mochila no chão e caminhando em minha direção. — Primeiro a companhia perde minha mochila, depois meu trem atrasa e, para piorar, não encontro um táxi para me trazer até aqui. No final, tive que tomar três ônibus diferentes e andar o restante do caminho e ainda por cima rasguei a calça na cerca quando entrei. Sem mencionar essa neblina... que neblina é essa, afinal?

— Névoa — digo, minha voz soando ridiculamente formal e antiquada, e me pergunto porque usei esse tom.

— Névoa, neblina, seja lá o que for. — Ele senta no sofá de veludo e olha a bandeja de comida antes de dizer: — Vai comer isso?

— Está fria — alerto, aproximando-me e me debruçando sobre uma cadeira à direita dele.

— Não tem importância — murmura ele, atacando o que restou da salsicha. — Não como há... — Ele semicerra os olhos como se tentasse calcular o tempo de sua última refeição, mas desiste rapidamente e dá outra mordida.

— Violet não te ofereceu nada para comer? — pergunto, lembrando da recepção acolhedora que recebi.

Mas ele olha para mim, ainda mastigando, e diz:

— Quem?

— Você sabe, a governanta, empregada... sei lá — digo, dando de ombros, sem o costume de viver numa casa onde existem pessoas para me servir e sem saber os termos apropriados. — Ela trabalha aqui.

— Tudo o que sei é que ninguém me buscou na estação e ninguém abriu a porta para mim. Demorei uma eternidade para encontrar este lugar. Não ia dormir do lado de fora, então entrei e fui de quarto em quarto até que encontrei você. O que, devo confessar, é mais do que curioso. Quero dizer, onde está todo mundo? Não deveria haver mais gente? Estudantes? Professores? E as salas pomposas que anunciaram no folheto? Pelo que pude ver, não tem nenhuma sala de aula, nenhum ateliê... nada que lembre remotamente um ateliê. Um pouco peculiar, não concorda?

Observo-o terminar o que restou da salsicha e reparo nos longos e escuros fios de cabelo que caem sobre seu rosto. Estranhamente, não fico nada incomodada pelo que ele acabou de dizer, mas sei que preciso responder alguma coisa, ergo os ombros e digo:

— Parece que a névoa atrasou tudo — digo, então toco as camadas do vestido sem prestar atenção, ainda estudando-o, e acrescento: — Então... como ela é? Digo, a casa? Apaguei depois que cheguei e nem saí do quarto ainda. — Estremeço de vergonha, quando penso no que ele deve ter achado de mim: incrivelmente pouco curiosa, nada a ver comigo, que teria explorado todos os cantos da casa desde o início. Mas por algum motivo, não consigo convocar essa garota. Talvez seja o vestido, o fuso horário ou a salsicha que me dão para comer, mas o fato é que me sinto tão confortável neste quarto. Nem tenho vontade de sair.

— Bem, é silencioso — responde ele, limpando a boca com um guardanapo de linho. — E apropriadamente horripilante. Minha mãe e sua gangue iam adorar este lugar. — Ele larga o guardanapo e levanta do sofá e então se vira para mim: — Quer sair por aí?

— Então esse é o seu estilo? — pergunta ele, então aponta para o vestido e me olha de cima a baixo, analisando, avaliando, embora não necessariamente de forma negativa.

Estreito os olhos, pois tinha me esquecido de quão bizarra devia estar parecendo. Pressiono as mãos sobre os vincos da saia e me sinto inexplicavelmente envergonhada, torcendo para que ele não olhe o ridículo decote, já que não consigo ver seus olhos escondidos atrás dos óculos escuros.

— Ah, não, não... minha mala também extraviou... mandaram minha roupa para a lavanderia... então tinha a opção de ficar de roupão, ficar nua ou xeretar o armário, e, bem, escolhi este vestido — digo, dando de ombros; as bochechas queimam e desvio o olhar rapidamente.

Não ouso encará-lo novamente até ele dizer:

— É legal. Pelada também ficaria — brinca ele, rindo, e o som da risada dele é tão estranhamente familiar, mesmo tendo certeza de que nunca o encontrei antes.

— Mas acredite, não quis dizer nada com isso. Você está bonita. Se me perguntar, direi que mais garotas deveriam se vestir assim. Apesar de, provavelmente, não ser muito confortável.

— Você ficaria surpreso — digo, e lembro que adormeci vestida com ele sem problema. — Não é tão ruim.

—— Enfim, é muito difícil alguma coisa me chocar. Acabei de vir de uma convenção gótica na Romênia, Transilvânia para ser mais exato. A banda da minha mãe fez a abertura e você não faz ideia das coisas que vi lá.

— Sua mãe faz parte de uma banda?

— Faz — suspira ele, e esfrega o queixo. — Procuro sempre dar uma força, mas... — ele balança a cabeça e resolve mudar de assunto. — Enfim, achei que esse fosse o seu estilo. Sabe como é, escola de arte, corpo como tela, e toda essa história. Achei essa justaposição bacana com as botas.

Olho para ele, que agora caminha alguns passos à frente, All Star preto pisando o longo tapete do corredor. Não consigo evitar compará-lo com Jake, que nunca usaria uma palavra como *justaposição*. Nem saberia dizer o que significa.

— E os óculos? É esse o seu estilo? — pergunto, minha voz mistura uma cantada nervosa com autêntico embaraço, embora, infelizmente, a presença do último predomine.

— Não, nem um pouco. É por necessidade. Tenho problemas com luz. Sou... fotossensível — diz ele, me olhando de relance.

— Ah, não tive a intenção de... — começo a me desculpar, constrangida por tocar no assunto.

Mas ele faz um gesto com a mão para que eu esqueça isso e me espera para que o alcance:

— Você já conheceu a biblioteca?

Faço que não com a cabeça.

— Não vi nada ainda. Com exceção da sala de jantar e do meu quarto — respondo, entrando num salão escuro com paredes revestidas de madeira, repleto de cadeiras aparentemente muito confortáveis, vários abajures de leitura, uma ampla lareira e, claro, estantes e mais estantes de livros.

— Gosta de ler? — pergunta ele, pegando um tomo antigo com capa de couro e o folheando.

— Adoro — reafirmo com um movimento de cabeça, e dou uma olhada nos títulos. — Gosto principalmente dos romances góticos antigos. Sei que parece esquisito, mas tenho uma queda por esse tipo de história.

— Então vai gostar deste aqui — sorri ele, e me entrega um livro com letras douradas gravadas na capa que dizem: *Drácula*. — Foi escrito por um xará meu.

— Já li — respondo, e reparo nas sobrancelhas arqueadas dele quando pega o livro de volta e devolve ao seu lugar na estante.

Continuamos a desbravar o lugar, passamos pelo solário, pela sala de estar, até mesmo por uma piscina interna, e não vejo a hora da minha bagagem chegar para poder cair nela. Trocamos olhares aqui e ali, sobrancelhas curvadas, ombros para cima... ambos com as mesmas perguntas não pronunciadas: onde estão as salas de aula, os professores, sem mencionar os alunos? Fazemos uma breve parada na cozinha, Bram vai direto para o fogão, levanta a tampa de uma panela de ferro e pega duas salsichas, que comemos antes de continuar a explorar mais o lugar. E, finalmente, acabamos no salão de festas, que vi mais cedo, mas assim como aconteceu com Violet, agora o lugar não parece tão velho e deteriorado como à primeira vista. Para falar a verdade, apesar de alguns sinais visíveis do incêndio, o lugar parece ótimo.

— Foi aqui que começou — diz Bram movendo a cabeça de um lado ao outro do ambiente, enquanto assimila o que vê. — O folheto diz que houve um incêndio fora de controle que quase deixou a casa inteira em cinzas. Olhe... — aponta ele para as paredes, os pés-direitos altíssimos, em seguida aponta para o chão de pedra chamuscado. — Ainda dá para ver as marcas do estrago. Estranho. — Ele balança a cabeça, confuso. — Já era para terem restaurado tudo a essa altura.

— Talvez queiram guardar como lembrança — sugiro, dando de ombros. — Ou quem sabe acabou o dinheiro e é por isso que estamos aqui. Assim que o nevoeiro acabar, os outros estudantes vão chegar e vão dar para a gente um cinturão com ferramentas e nos mandar pôr mãos à obra.

Viro-me para Bram, torcendo para ele achar graça ou pelo menos sorrir.

Mas ele está ali parado na minha frente, com a cabeça inclinada para o lado, observando-me, e diz:

— Que pena que deixei minha mochila no seu quarto, se não faria um esboço seu.

Encaro-o, desejando que pudesse ver seus olhos e saber se estava sendo sincero. Tem alguma coisa nele tão... tão familiar... mas aí noto que ele flagra meu olhar fixo e disfarço.

— É sério — diz ele, com voz suave e reconfortante.

— O salão, o lugar, suas botas... — Bram sorri. — Simplesmente, perfeito. Combina com você de verdade. E se eu fosse lá em cima pegar correndo?

Ele se vira para sair, quando Violet entra no salão, olha para nós dois e fica lívida. Quero dizer, branca como papel. Como se tivesse visto um fantasma. Mas não tem nenhum fantasma, só nós dois. E apesar da rapidez com que se recompõe, não consigo esquecer o susto estampado que lampejou em seus olhos.

Ela caminha até nós, com dedos trêmulos na barra do avental, claramente não se dirigindo a mim quando pergunta:

— Em que posso ajudar?

— Sou Bram — diz ele, estendendo a mão. — Um dos alunos.

— Mas não pode ser — contesta ela com voz tão baixa que ambos nos inclinamos para frente para escutá-la.

— Perdão? — indaga Bram, erguendo as sobrancelhas e retraindo a mão ao ouvir as palavras de Violet.

— A névoa... estamos invisíveis... como nos encontrou?

— Trabalho duro, sorte e uma baita determinação — diz ele, dando de ombros. — Mas, você acabou de dizer que estamos invisíveis?

Exatamente o que ia perguntar se ele não tivesse sido mais rápido.

Mas ela semicerra os olhos ainda mais, tanto que suas pupilas azuis desaparecem, cobertas pelas pestanas esparsas e esbranquiçadas e pele ainda mais branca.

— Pois muito bem — concluiu ela, ajeitando os ombros e se esforçando para recuperar o controle. — Suponho que seja o momento de acomodá-lo.

"O desespero sabe engendrar suas calmarias" — Bram Stoker, *Drácula*

Cinco

Passo o restante do dia no quarto, sobretudo, pintando e tentando não pensar em Bram, que só me faz pensar mais ainda em Bram. Quero dizer, *sim*, ele é uma graça. *Sim*, compartilhamos dos mesmos interesses. *Sim*, ele sabe usar palavras com várias sílabas numa mesma frase. *Sim*, ele disse que queria fazer um esboço de mim, o que na minha opinião é a coisa mais romântica que alguém pode dizer ou fazer para alguém. Por mais incrível que ele possa ser, por mais familiar que pareça, estou muito consciente, tão *dolorosamente* consciente, de que exibo todos os sinais reveladores de uma clássica dor de cotovelo.

Não que tenha tido muitas oportunidades de viver uma dor de cotovelo clássica, já que Jake foi meu primeiro namorado. Mas depois de ver o meu pai se recuperar tão rápido depois da morte da minha mãe, quando virou as costas para o passado e se jogou nos braços da Nina, sou uma expert no assunto.

E é exatamente por isso que não quero me arriscar agora.

Exatamente por isso que devo olhar Bram como um colega de classe e nada mais.

E é por isso que não saí do quarto. Determinada a fazer o que vim fazer aqui, que é pintar... *não* flertar ou namorar ou me envolver sentimentalmente com alguém que provavelmente vai acabar partindo meu coração na primeira oportunidade. E quando Violet entra para me entregar mais uma bandeja de comida, incluindo um prato daquelas salsichas de que gosto tanto, nem pergunto se ela o viu ou o que ele está fazendo. Sigo com minha pintura como se Bram não existisse, até que o cansaço me abate e adormeço outra vez e o sonho começa exatamente onde havia terminado antes, comigo tentando vencer a névoa, procurando as mãos dele, só que desta vez suas mãos geladas encontram as minhas e ele me puxa para perto, implorando para que eu o veja, o veja *de verdade*, enquanto uma luz vermelha e brilhante emana de seu peito...

Ao despertar, vou direto para a tela e capturo ali também os longos dedos frios, a luz vermelha, e estou a ponto de pintar as curvas das sobrancelhas dele, quando aparece uma menina loura e pálida para buscar a bandeja, olha para mim e sugere que eu troque de roupa para jantar.

Franzo a testa e me pergunto de onde ela surgiu, já que é a primeira vez que a vejo. Não fazia ideia que havia mais de uma criada na casa. E então vejo que ela olha para o vestido e fico horrorizada ao ver que estraguei a roupa, toda manchada de tinta, e não entendo porque ninguém me ofereceu um jaleco para vestir por cima. Fala sério, nenhum professor, nenhum avental, nenhum ateliê apropriado para a atividade... que tipo de academia de arte é esta?

Respiro fundo e olho para a menina novamente, minha mente transbordando com uma lista de perguntas de uma hora para outra. Perguntas que desapareceram no momento em que ela retribui o olhar e diz:

— Não se preocupe. — A voz é calma e tranquilizadora, ansiosa por me deixar despreocupada. — Tenho certeza de que as manchas vão sair quando lavar o vestido, e se não, tem muitos outros como este no armário — conclui ela, então se volta para a tela e arregala os olhos ao ver o quanto já pintei. — Nossa, você fez uma longa viagem há apenas um dia — diz, estalando a língua e torcendo o avental. — Você progrediu muito, mesmo — acrescenta, aumentando o volume da voz. — Ah, e para o caso de você estar se perguntando, os professores também se atrasaram. Mas a boa notícia é que a névoa deve sumir em no máximo dois dias e assim que ela for embora tudo voltará ao normal.

— É mesmo? — pergunto, encarando-a. — Violet disse que levaria pelo menos uma semana.

Ela me olha, pensativa, e diz:

— Ela disse isso? Bem, digamos que as coisas estão melhorando, senhorita — afirma ela, então inclina a cabeça para o lado e me observa de cima a baixo; algo em seus movimentos, no seu olhar, o jeito como torce o avental, é tudo tão familiar. Então percebo o que é: ela se parece e age como uma versão mais jovem de Violet. Imagino que sejam parentes. — Sou Camellia — informa, fazendo um aceno de cabeça e se dirigindo para o armário. — Violet é minha mãe. — Então percorre a fileira de vestidos nos cabides, escolhe dois e os mostra para mim. — Então o que me diz, senhorita: o verde ou o lilás? — pergunta, erguendo uma das sobrancelhas louras, tão clara que praticamente desaparece sobre a pele branca. — Os dois são lindos, ambos perfeitos para seu tom de pele, não custa nada experimentar — conclui ela, acenando com a cabeça e balançando os dois lindos vestidos de seda, um em cada mão.

Olho os vestidos e os acho igualmente incríveis, igualmente antiquados e igualmente fascinantes. Penso na minha bagagem por um instante — cheia de calças cargo, jeans, suéteres pretas, mas deparo-me com os olhos de Camellia e me esqueço rapidamente em que estava pensando.

Decidida a aproveitar esta nova versão de mim mesma pelo tempo que der, respondo:

— Que se dane, vou tentar o lilás desta vez.

Quando entro na sala de jantar, quase não o reconheço.

Não, apague isso. Porque a verdade é que eu o *reconheço*, sim. Só que não como Bram.

Por um segundo, vendo-o à mesa, com os cabelos penteados para trás e a roupa moderna substituída por outra, estilo vitoriano do século XIX, ele está igual ao cara dos meus sonhos — o que me chama.

Congelo. Minha respiração congela, meu coração congela, meu corpo inteiro congela, mas em seguida ele se vira e sorri do seu jeito familiar e descontraído e o sistema volta ao normal.

Ele *não* é o cara dos meus sonhos. *Não pode* ser. Primeiro porque ele está bem aqui na minha frente. Segundo, porque nada disso faz sentido.

— Deixe-me adivinhar. Também esconderam suas roupas? — pergunto, enquanto me sento de frente para ele; a mesa está posta com louça fina, cálices de cristal e tantos talheres de prata que não faço ideia do que fazer com a maioria deles. Olho para Bram e percebo a camisa com babados, o colete azul e, claro, os óculos, que curiosamente combinam com a roupa.

— Não — sorri ele, e se serve de tantas salsichas que espero que deixe algumas para mim. — Encontrei essa roupa no armário e resolvi me vestir assim para combinar com você... assim não se sentiria tão deslocada. O que acha?

Permito-me olhar de relance para Bram, o suficiente para sentir um frio na barriga. Em seguida me sirvo do que restou das salsichas, pego garfo e faca e ataco a comida.

— Você parece... bem — falo entre as mordidas. — Elegante e respeitável — *E sexy, e atraente, e total e completamente irresistível* —, e os óculos dão um toque de vanguarda, arriscaria dizer — digo hesitante.

Ele ri, limpa os lábios no guardanapo e diz:

— E você, linda dama, está deslumbrante. O lilás cai bem em você.

Pressiono os lábios e olho para o prato, lembrando da promessa que fiz de não me deixar entusiasmar pelos elogios dele.

— Pelo visto, você é fã de salsicha — diz ele, então me olha e fica boquiaberto, horrorizado com que acaba de falar. — Tudo bem, não foi bem isso que quis dizer, mas, enfim, já disse. — Ele balança a cabeça e ri, servindo-se de uma generosa quantidade de purê de batata e de algo verde não identificado, cozido e mole. — Não culpo você. É boa mesmo. O que será que eles põem nela?

Dou de ombros e cubro a boca antes de responder:

— É que nem cachorro quente. Melhor não perguntar.

— Já comeu chouriço, salsicha de sangue? — pergunta ele, me olhando com a cabeça inclinada para o lado e um sorriso nos lábios.

Fico pálida e faço todos os tipos de careta de nojo quando digo:

— Credo, e por que comeria isso? Mas é feito com *sangue* mesmo?

— Mesmo, de verdade. — Ele faz que sim com a cabeça. — Sangue de porco. *Geralmente*. Mas é gostosa. Não pode falar mal antes de provar.

Espeto com o garfo uma ervilha e a levo à boca, inspecionando-a:

— Não, obrigada. Por que provaria isso?

Ele dá de ombros.

— A pergunta poderia ser por que não provar? Afinal, você é uma artista, não é?

Ergo os ombros e dou mais uma garfada na comida.

— Tudo bem, então talvez você não seja um Picasso ... ainda... mas tem um olhar artístico para ver as coisas. Pintores, como eu e você, não veem a vida como os outros. Nós notamos os detalhes, tudo o que os outros ignoram. Então somamos e subtraímos e interpretamos esses detalhes do nosso jeito. Então, pensando nisso, por que você *não* provaria alguma coisa? Para continuar na velha rotina? Por que mesmo considerar viver a mesma experiência mundana e corriqueira? — pergunta ele, se inclinando para perto de mim. — Como artistas, é praticamente nossa obrigação encarar nossas vidas como uma longa experiência artística. Quanto mais se permitir experimentar, mais sua obra pode se desenvolver. Experimentar o novo tem um papel importante nisso. Ficaria impressionada em como isso alimenta a imaginação e liberta a... *alma*.

Dou de ombros, observando enquanto ele derrama um líquido vermelho de um *decanter* em meu cálice. *Penso: que ótimo, agora ele me acha uma puritana fresca!* E imediatamente afasto essa ideia com outra: *quem se importa com o que ele acha? É um colega, não um substituto de Jake.* Brindo com ele e quase engasgo depois de tocar o cálice nos lábios e descobrir que o líquido não somente se parece com vinho, mas *é* vinho.

Ele me olha e ri ao ver minha reação, em seguida, continua a beber e comer, como se estivesse acostumado a esse tipo de refeição.

— Gosta mesmo disso? — pergunto, vendo que ele esvazia o copo com rapidez.

Ele faz que sim:

— Passei muito tempo na estrada, viajando por toda a Europa com a minha mãe e a banda. Aqui não é que nem nos Estados Unidos, tem bem menos restrições. Você pode beber, ir a boates, viver como um adulto. Está tudo bem — sorri. — Mas tudo com moderação... certo? Ou pelo menos *quase* tudo.

Concordo e me dou conta de que ele não é para o meu bico. Quero dizer, um cara deste, tão viajado e experiente, nunca se interessaria por uma garota medíocre como eu. Não que isso tenha importância. Falo por falar.

— Sua vida parece ser tão... *exótica* — murmuro, e finalmente consigo encará-lo novamente.

Ele apenas dá de ombros, e diz:

— Para mim é apenas... *a minha vida*. É o que para mim é familiar; estou acostumado. — Ele pega uma salsicha e a mastiga, pensativo. — A ideia de frequentar um colégio americano convencional... *isso* para mim é exótico.

— Você não vai à escola? — pergunto, olhando para ele sem entender como conseguiu entrar nesse programa, pois é oferecido apenas para alunos do último ano do ensino médio.

— Não, tenho um tutor. Tente imaginar uma escola dentro de casa que viaja, se conseguir. — Ele dá de ombros e passa a língua nos dentes. — Desde pequeno, mi-

116

nha mãe me arrasta entre Londres e Nova York. Ela me tirou da escola pública, quando eu estava na pré-escola, nem me deixou terminar o ano — ri ele. — Como é sua escola? É igual ao que a gente vê na televisão?

Olho para o meu prato, lembrando do inferno que tive que enfrentar no último semestre, depois que a história humilhante do Jake com a Tiffany se espalhou. De como todos me olhavam, fofocavam sobre mim, e de como o casal em questão, obviamente, adorava se exibir, beijando-se bem em frente ao armário dela, duas fileiras antes do meu. Não tinha com quem contar. E me sentia completamente solitária. Meu pai estava ocupado demais, Nina também... *vaca*, e, infelizmente, nos últimos anos passei tanto tempo com a Tiffany que me esqueci de fazer novos amigos. E embora a vinda para a Inglaterra tenha ajudado na parte *longe dos olhos*, ainda aguardo chegar a parte *longe do coração*. Queria tanto que viesse logo.

— Não tem nada a ver com o que você vê na televisão — afirmo, tentando enxergar através dos óculos e ver o que se oculta por detrás dessas lentes escuras. Porém, os únicos olhos que vejo são os meus refletidos. — Nada a ver mesmo — suspiro. — Pode acreditar, é muito pior do que o que se vê.

Assim que acabamos de comer, Camellia recolhe nossos pratos e tenta nos apressar de volta para o quarto para pintar. Mas não queremos voltar para os nossos quartos e ela fica muito decepcionada quando lhe dizemos isso.

— Não precisamos de babá — diz Bram, sorrindo para ela com seu charme. — Se quiser sair, pode sair! Nós sabemos nos cuidar.

Ela olha para nós dois, claramente tão insatisfeita com nossa recusa de seguir seus planos que estou quase concordando só para agradá-la, já que podemos dar uma escapada mais tarde. Quando ela desaparece carregando uma pilha de louça, Bram se inclina sobre mim e diz:

— Qual é a *dela*?

Dou de ombros. Não sei qual é a de ninguém. Não tenho nada a ver com ele. Não fui criada na estrada, tomando vinho em lugares exóticos com uma mãe gótica que tem uma banda. Sou filha única e órfã de mãe, de um subúrbio de Los Angeles, acostumada a uma existência bem normal e entediante, que, ah, claro, sim, por acaso, tem ambições artísticas. Mesmo assim, não importa o quanto aqui seja estranho, com estas roupas, a névoa, Violet e Camellia... não sinto nenhuma saudade de casa. Quero dizer, tudo bem, sinto falta do meu pai... ou pelo menos da versão antiga do meu pai. Não sinto falta da Nina, da escola nem dos meus dois ex-amigos.

De repente vejo Bram bem ao meu lado, com as mãos estendidas para mim:

— Venha, vamos sair deste lugar antes que ela volte.

Saímos de surdina pela porta da frente no meio da névoa, os dois rindo ao tropeçarmos pelo caminho, apoiados um no outro para não nos perdermos. E embora seja delicioso sentir sua mão pegando a minha e seus dedos entrelaçando os meus, não demoro a me dar conta de que isto só acontece por motivos práticos. Para não nos separarmos e nos perdermos um do outro na cerração. Não importa que a sensação pareça ser tão *perfeita*, não significa nada para ele, então não deveria significar nada para mim.

Avançamos lentamente, com cuidado, em direção ao ponto em que o nevoeiro se encontra mais intenso e espesso, sem perceber que estamos no meio de um cemitério, até tropeçarmos numa lápide.

— Deve ser o jardim da família — diz Bram, sua voz vinda de algum lugar acima de mim enquanto ele estende os braços para me ajudar a levantar. — Cuidado com as rosas. São tão grandes e selvagens que parecem querer atacar a gente.

Mas ele disse isso tarde demais. Já havia sido arranhada por um dos espinhos, bem no pescoço, entre a orelha e a clavícula.

Solto a mão dele, que está na minha frente, para tocar a ferida e meus dedos tocam algo quente e molhado que só pode ser sangue — meu sangue.

— Tarde demais — digo, e estremeço ao tocar a ferida novamente. — Acho melhor voltarmos lá para dentro para eu poder limpar isso, colocar um Band-Aid ou coisa parecida. Tudo bem? *Bram?*

Ergo as mãos para a frente, para os lados, para trás, minhas mãos apalpam o ar no lugar antes ocupado por ele... mas Bram sumiu. Não está mais aqui — *em lugar nenhum.*

Faço um giro, chamo seu nome, e meus braços agitam-se na névoa. Não consigo vê-lo. Não consigo ver nada. E não importa que eu grite, não importa o número de vezes que chame seu nome, não há resposta.

Estou só.

E no entanto... *não estou.*

Tem mais alguém aqui. Alguma outra *coisa.* E quando avisto o brilho vermelho ao longe, me viro e corro para o outro lado. Caio sobre um monte de terra recém-cavada, e só me dou conta de que o grito agudo que escutei veio de mim depois que uma mão tapa minha boca.

"Um veado ferido salta mais alto" — Emily Dickinson

Quando ele me puxa, me aperta forte contra o peito, a névoa desaparece. Tudo fica nítido. E finalmente consigo vê-lo, ver seus olhos negros e intensos. Seu olhar me examina, me penetra, me fascina e seus cílios são tão grossos que parecem irreais.

— Você veio — sussurra ele, as palavras soam como música em seus lábios. — Você veio me salvar, não veio? Percorreu todo esse caminho, cruzou oceanos, o tempo, para ficarmos juntos novamente. — Seus olhos escuros estudam meu rosto. — Venho tentando encontrar você há tantos anos, há tantas vidas e finalmente consegui. Você está linda como sempre foi, como sempre esteve. Olhe para mim, por favor, olhe para mim e me veja como um dia me viu.

Faço o que me pede. Olho em seus olhos e vejo tudo isso... tudo. Nosso amor, nosso amor enorme e avassalador, e o fogo que o destruiu num instante...

Toco sua face suave e fria e estremeço com o toque de sua mão na minha.

— Vou torná-la plena novamente... prometo. Vamos viver juntos, para sempre. Nunca vamos nos separar...

Quando os meus olhos encontram os dele, sei exatamente o que devo fazer. Faria de tudo para permanecer neste lindo salão de baile, envolta em seus braços, sentindo o êxtase de seus lábios em minha orelha, meu rosto, meu pescoço... eu preciso ir. Para garantir que terei isto para sempre... preciso acordar e pintar.

É o único jeito...

Abro os olhos e me deparo com um ambiente tomado de névoa. Apesar das janelas e portas estarem fechadas, ela serpenteia ao meu redor — em volta das minhas pernas, do meu torso, da minha cabeça, pairando sobre a parte dolorida e úmida do meu pescoço — quando me levanto da cama e me dirijo para a tela, certa de que preciso terminar a pintura, completar a cena, e então descer e esperar.

Há música. Música suave e cadenciada vindo lá debaixo. Música que me chama... assinalando que chegou a hora.

A pintura está terminada.

Deixo o pincel sobre a prateleira do cavalete e me afasto para inspecionar o resultado. Perfeito. Ele está perfeito. Exatamente como no sonho. E agora resta apenas uma coisa para que meu amor perfeito retorne para mim.

Mais uma pequena tarefa para completar a restauração.

Olho-me no espelho e acaricio o vestido preto de seda com o decote ousado que deixa os ombros e boa parte do busto à mostra. Não consigo lembrar quando despi o lilás, mas estou mais do que satisfeita com o reflexo que me olha de volta. E ao ver a névoa rodeando-me e se deslizando em mim, sei que ele também está satisfeito. Agora entendo o que não consegui ver antes.

Ele provoca a névoa.

Ele *é* a névoa.

Eles são uma coisa só, a mesma coisa.

Ele me guia até o corredor, a névoa me acompanha, atrás de mim, ao meu lado, na minha frente, ao meu redor, levando-me até o final do hall, onde paro diante de um enorme quadro em que me vejo retratada: Lily Earnshaw — pintado em 1896 e com o mesmo vestido e as mesmas joias que uso agora.

Passo os dedos sobre a tela, sobre o vestido de seda, a pele pálida, como se tocasse a mim mesma, sabendo que existe uma ligação entre nós.

Arte é vida. Vida é arte. A afirmativa nunca foi tão verdadeira como neste exato momento.

Dirijo-me para o outro quadro bem ao lado. O dele. A moldura está chamuscada pelo incêndio, falta uma das molduras, mas não me surpreendo nada ao ver a pintura totalmente restaurada — assim como ele estará quando o encontrar.

Desço as escadas e vou ao salão de festas, agora, totalmente renovado — exatamente como no meu quadro. As paredes reluzentes estão pintadas de creme com riscas douradas e o piso está brilhante e lustroso como era originalmente. Camellia e um homem ruivo estão presentes e riem alegremente, efusivos, rostos radiantes, enquanto dançam uma valsa pelo salão.

Ele aguarda num canto — tão moreno e lindo, não posso evitar, corro para ele. Estremeço com a corrente gélida que percorre meu corpo com seu toque, enquanto o abraço com força. O brilho vermelho que emana de seu peito me atrai para mais perto, implorando que o complete.

Meus dedos percorrem seus cabelos pretos e brilhantes, enquanto trago seus lábios para meu pescoço, fechando os olhos ao toque de sua língua em minha ferida, e ouço as vozes exultantes de Camellia e do amigo pedindo que me apresse, que termine logo isso.

— Esperamos tanto tempo por isso — murmura Camellia para o namorado ao lado. — E valeu a pena esperar, valeu, sim. Você é perfeita, senhorita, exatamente como no passado. Soubemos disso no momento em que a atraímos para cá com o concurso. Oh, apresse-se e beije-o logo! Você é a chave! Todos os seus sonhos e pinturas... apenas sua presença bastava para incitar a restauração da maneira que havíamos ansiado. E agora é o momento de completá-la, senhorita, fazer o Mestre Lucian reviver, e assim poder servir esta casa como costumávamos. Basta um beijo, senhorita... basta isso...

Eu me viro. Ela disse mesmo que eu sou a *chave*?

— Bem, certamente, já se deu conta de que está vestindo suas próprias joias e seu próprio vestido e está na mansão que sempre foi sua, não? — diz ela, balançando a cabeça e estalando a língua. — Houve uma pequena confusão, um mal-entendido, e então o incêndio. — Ela torce o pingente pendurado no pescoço. — Mas não se preocupe, senhorita, podemos ter tudo isso de volta, recomeçar... tudo o que precisa fazer é beijar Mestre Lucian e o passado será esquecido.

— Apresse-se! — diz o namorado, os olhos redondos e vivos, fixos nos meus. — Estamos esperando há muito, muito tempo...

Viro-me para ele, Lucian, silencioso e imóvel, incapaz de fazer alguma coisa, além de esperar pacientemente que eu comece. Meu sangue goteja de sua boca, atraindo meus lábios. Basta isto, um beijo intenso e posso trazê-lo de volta à vida.

Ele geme, abraçando-me com mais força, com tanta força que não consigo respirar. Sua boca movendo-se contra a minha, primeiro de maneira suave, e então com enorme urgência, tentando entreabrir meus lábios de maneira delicada...

E estou prestes a fazer isso, prestes a me render quando escuto um grito abafado, uma comoção e me viro, deparando-me com Bram atrás de mim.

— Oi, Dani — diz ele, tirando os óculos imundos e os colocando em cima da cabeça, sobre os cabelos sujos de terra. — Detesto ter que interromper este momento tão especial, mas confie em mim: talvez queira refletir melhor sobre isso.

Olho para ele e Lucian, impressionada com o tanto que são parecidos — as roupas, os cabelos, até mesmo as sobrancelhas espessas e escuras —, tudo é idêntico, exceto que enquanto sai névoa da boca de Lucian, da boca de Bram saem palavras.

— Confie em mim — pede ele, aproximando-se.

— Este é o tipo de cara que você devia evitar beijar. Lembra quando nos separamos lá fora? Não foi um acidente. Foram eles — aponta Bram para Camellia e o namorado que se encolheram atrás dele. — E essa ferida no seu pescoço? Não foi uma rosa, como está imaginando. Ainda está para existir um espinho capaz de fazer este tipo de estrago, deixando dois furos estratégicos bem no lugar mais cobiçado — continua ele, balançando a cabeça negativamente enquanto limpa a roupa, suja de folhas mortas, terra e detritos. — E o túmulo lá fora? Ali é a mais recente residência do rapaz apaixonado. É sério, ele passou o último século a sete palmos debaixo da terra, só esperando você aparecer e salvá-lo. E quando saiu aqui para cima, tentou me mandar lá para baixo — ele se olhou. — Desculpe pela sujeira, mas precisei cavar para conseguir escapar.

— Mas isto é ridículo — digo, ciente das mãos de Lucian nas minhas costas e em meu pescoço, ansioso para que me vire de frente para ele e fique de costas para Bram.

— Sei que parece loucura — diz ele, dando de ombros. — E pode acreditar, tem muito mais história. Mas vou dizer uma coisa, já participei de muitas festas góticas durante esses anos para saber distinguir o falso do verdadeiro. E, Dani, isto não é falso.

As mãos de Lucian estão em minha cintura, enquanto seus lábios mordiscam minha orelha, e sei que ele quer me beijar novamente, enquanto ainda podemos. E embora eu também queira, até mais ainda do que antes, mesmo sabendo que ele está desaparecendo, mal se aguentando ali... não consigo. Não com o Bram me olhando deste jeito. Não com Camellia entrando em pânico. Não com tanto ainda por dizer.

— Você deu uma olhada na pintura do corredor? — prossegue Bram, balançando a cabeça. — Aquilo é mórbido ou o quê? Mas o lance é que não foi pintada em 1896, isto é o que eles querem que você pense. Provavelmente foi pintada em algum dia da semana passada.

— Como você sabe? — pergunto, achando ridículo que depois de tudo que ele me falou esta é a pergunta que escolho fazer. Mas então lembro da textura da tela quando passei as mãos nela, como se tocasse em mim mesma e semicerro os olhos ainda mais.

Ele dá de ombros:

— Enfim, estou divagando, isto nem tem tanta importância.

— Então o que tem importância? — ergo o ombro até a orelha para que Lucian pare de lamber meu pescoço.

— O importante é que nada disso é o que pensa. Eles estão usando você. A única razão de você estar aqui é para pintar o cara morto, levantá-lo da tumba, beijá-lo e ressuscitá-lo. Ah, e caso ainda não tenha notado, estes dois — ele aponta para Camellia e o namorado — são criados em regime de servidão, estão presos a esta casa. Eles vivem e morrem aqui. Fazem parte do pacote.

E quando olho os dois novamente, vejo que Bram diz a verdade. Camellia não é filha de Violet. Elas são a mesma pessoa. E o ruivo é o motorista, o velho esquisito que me trouxe até aqui.

— Flor diferente, mesma garota — diz Bram, dando de ombros e lendo a expressão no meu rosto. — Pelo visto, você e suas pinturas reavivaram todos eles.

— Mas... como? — pergunto franzindo a testa, confusa com praticamente tudo que ele me diz. Nada disso faz qualquer sentido.

Ele me olha, sério e sereno, e diz:

— Eles a atraíram até aqui para a restauração. Acredite, Dani, isto aqui não é uma academia de arte; ou pelo menos não é a que você esperava encontrar. Não houve um concurso de verdade, não existem alunos atrasados por causa da névoa... não tem aluno nenhum! Tudo isso é uma mentira cuidadosamente orquestrada para enganar você. Tudo gira em torno de você, Dani. Precisavam dos seus sonhos, da sua visão, do seu talento... seus dons artísticos que completaram a restauração, recuperaram tudo com a glória que tiveram um dia. Mas sua relação com o lugar, a razão por que ele parece tão familiar, tão aconchegante... no seu caso, ainda melhor que sua casa, talvez? — observa ele, curvando uma das sobrancelhas e me observando. — Isto é influência deles. Não é real. — Bram faz uma pausa, dando tempo para que as palavras sejam assimiladas. — Não precisa fazer isso, não precisa concluir essa ligação. É você quem manda aqui. Tudo isto, tudo o que você vê, inclusive eles — ele caminha na direção dos criados —, depende inteiramente de você e de sua vontade de seguir em frente com o plano deles.

Ele já está quase terminando quando Camellia/Violet corre para perto de mim e me olha bem nos olhos:

— Não arruíne tudo... por favor! Só queremos o que é melhor para a casa... é tudo o que sempre quisemos. E olhe! Olhe como está linda novamente! Você pertence a este lugar, Lily... esta é sua casa, e nós vivemos para servir a você e ao mestre Lucian!

Olho para ela e Lucian, o homem dos meus sonhos. Ele precisa de mim.

Está trêmulo, fraco, incapaz de falar. Não está nem morto nem vivo... preso numa espécie de limbo.

Só tenho certeza de uma coisa: esta é minha obrigação, minha razão de existir. Minha ligação com este lugar é real, não tenho dúvidas disso. Nunca me senti tão à vontade, tão contente, tão feliz apenas por estar entre estas paredes. Além disso, é como Bram disse, eles dependem de mim.

Escuto a voz de Bram em meus ouvidos, sussurrando preocupado:

— Escute, Dani, entendo que esteja lidando com algumas questões em casa, sério, eu entendo. Mas mesmo assim você não faz o tipo suicida. Mas, olha, se eu estiver errado, me ignore, vá em frente e beije o cara, isso deve ser suficiente.

Olho para trás, irritada por suas interrupções e ansiosa por prosseguir com meu destino.

— Embora ele pareça estar vivo... ou pelo menos na vertical e visível... para realmente ressuscitar, precisa da sua alma. E para consegui-la terá que beijar você, sugá-la de você, extrair sua força vital e então cuspir os restos. Vai deixar você como uma concha vazia, que ele pode ou não mandar numa caixa para seu pobre pai enterrar. É sério, Dani, não é só história de filme de terror; neste caso é real. Vê esse brilho vermelho que emana do coração dele? Este é o vazio que ele precisa completar. É isto que quer ser? A doadora de alma dele?

Engulo a saliva com dificuldade e me viro de costas para o homem dos meus sonhos, o homem que vim aqui para ajudar, que prometi ajudar. Mas ao olhar Bram, uma pessoa real, de carne e osso, que só está tentando ajudar... me salvar de fazer uma coisa arriscada que pode não terminar bem... é aí que faço minha escolha.

Escuto o grito agonizante de Camellia atrás de mim, quando afasto Lucian e corro para Bram.

Seus braços me envolvem e sua boca pressiona a minha... o toque de seus lábios tão familiar, minha mente transborda de lembranças que se estendem para além do meu tempo.

Ele move os lábios pelo meu rosto em direção ao ponto abaixo da orelha, afastando meus cabelos do caminho, e sussurra:

— Isto é para sempre — diz enquanto suas presas penetram minha pele.

"Nós amamos com um amor que era mais que amor"
— Edgar Allan Poe

Sete

Quando acordo, Bram está curvado sobre mim, limpo, com roupas novas e cabelos recém-lavados, olhando-me com carinhosa preocupação, e diz:

— Desculpa, Lily. Não queria ter surpreendido você desse jeito.

— Meu nome não é Lily — balbucio, esforçando-me para me sentar, embora esteja fraca demais até mesmo para levantar a cabeça.

— Mas costumava ser — sorri ele, passando o dedo ao redor do meu rosto. — Mas se preferir, chamo você de Dani... ou pelo nome que quiser. Temos a eternidade para decidir. Não há pressa.

Olho para ele, seus olhos são idênticos aos de Lucian, e me pergunto como pude entender tudo errado.

Percebo que meus pensamentos já não são particulares quando ele diz:

— Não entendeu. Não *entendeu* nada errado nem fez a *escolha* errada. O fato é, Lily-Dani, que você fez a mesma escolha novamente. Cem anos depois. Acho que meu irmão não vai voltar tão cedo.

— Seu irmão — sussurro enquanto levo as mãos para a garganta, sem saber o que é mais aterrorizante: os dois furos ou o fato de não estar mais respirando.

— Escute — ele se apoia sobre o divã e pega minha mão —, a única mentira que contei foi sobre a sua ligação com este lugar. — Ele faz uma pausa, olhos nos olhos, e acrescenta: — Bem, isto e o quadro. Fui eu que o pintei. Pintei há mais de cem anos, e você me pintou no quadro ao lado. Mas o resto é verdade.

— Como posso ter pintado aquilo se só tenho 17 anos? — protesto, pois suas palavras não fazem nenhum sentido, mesmo que no fundo eu saiba que é verdade.

— Demorei muito para encontrar você — diz ele. — Havia desistido desta historinha de reencarnação anos atrás. Mas quando soube da restauração, resolvi dar uma passada aqui e verificar por conta própria, e bastou ver você para *saber*. Quando vi suas botas de couro, tive certeza. Você sempre teve uma atitude independente e rebelde e, bem, do resto você já sabe.

— Não sei, não — digo com voz rouca, cansada, como se tivesse falado o dia inteiro. — Não sei de nada. Só sei que não estou mais respirando, acho que posso ter matado alguém que já estava morto e... — Fecho os olhos, incapaz de pronunciar a pior parte, então penso: *e acho que posso ser uma vampira.*

— Você *é* uma vampira — confirma ele com a cabeça, e o brilho dos olhos escuros e profundos evidencia que ele está bastante satisfeito com isso.

E era uma vampira antes... cem anos atrás?

Ele balança a cabeça:

— Não. Embora Lucian tenha tentado te *transformar*, você fugiu quando descobriu que ele, e não eu, tentou gerar um filho em você. E, na pressa, deixou cair um candelabro, causando o incêndio que pôs a casa abaixo e levou Lucian junto. Quando voltei, não havia sobrado nada. Você tinha ido embora, Lucian estava a sete palmos da terra, e embora os criados tivessem a esperança de que Lucian conseguiria trazer você de volta, nunca acreditei nisso. Mas não se preocupe com eles, não têm mais nenhum vínculo com Lucian. Agora que sabem que não temos planos de ir embora ficarão felizes em nos servir pela eternidade.

Olho para a parede, os móveis, as cortinas pesadas que estão sempre fechadas. Procuro sentido no que ouço, mas há muito o que assimilar.

— Tudo o que você vê aqui é nosso, como deveria ter sido desde o início. Você é parte integrante desta casa... sem você, sem o nosso amor eterno, ela não sobrevive e cai em ruínas. Está assim desde o momento em que você pôs os pés aqui... há mais de um século. A casa estava uma desordem, mas sua mera presença foi suficiente para iniciar o processo, e seu dom artístico trouxe vida ao lugar. E foi aí que descobri que era por você que esperava. Sua ligação com este lugar é muito real... este é o seu lar — diz ele, então me olha cheio de reverência e acrescenta com voz suave e terna: — Esperei tanto pelo seu retorno, Lily-Dani, e, apesar de Lucian ter se comunicado com você por aqueles sonhos, você e eu que éramos amantes. Ele a conheceu primeiro e jurou que eu roubei você dele... mas não se rouba algo que sempre foi seu, certo? — sorri ele, acariciando meu cabelo com o polegar e o dedo indicador. — Sei que você se lembra, senti no seu beijo.

— Então o que isso quer dizer? — pergunto, meu olhar fixo naqueles lábios deliciosos e gélidos, desejando prová-los novamente.

Ele sorri, e expõe os dentes, incluindo, sim, seus caninos afiados, e então beija a ponta do meu nariz antes de dizer:

— Quer dizer que viverá para sempre. Que será jovem e bela para sempre. E nunca mais terá que aturar Nina, escola ou gente como Jake e Tiffany.

— E o meu pai? E ele? — pergunto, subitamente devastada pela dor de não tê-lo perto, uma dor que diminui quando percebo a verdade: a pessoa de quem sinto falta já não existe mais. Meu velho pai, o homem que conhecia, desapareceu no momento em que se juntou com Nina, dando lugar a um novo e pouco evoluído pai. Um que mal se importa comigo. Um que está claramente ávido por esquecer o passado e abraçar um futuro que prefiro evitar.

Ele dá de ombros e diz:

— Esta é a única parte ruim. Você nunca mais vai poder vê-lo. Mas, sabe como é, sempre há o lado negativo, certo? Tudo tem um preço. — Ele desliza os braços por trás de mim, segurando minhas costas e me ajudando a levantar. — Mas agora você precisa recuperar suas forças. Precisa comer.

Ele toca o sino, e Violet, ainda transformada na sua versão mais jovem, Camellia, entra apressada.

— Senhorita — diz ela, se curvando, agora sem exercer nenhum tipo de poder estranho sobre mim. Não mais tentando trocar olhares, agora que nossa relação patroa-criada foi recém-estabelecida. Ela deixa um prato com uma pilha de salsichas e diz: — Estão fresquinhas. Cortesia do gentil rapaz do estábulo da mansão vizinha.

Bram olha para nós duas e então dispensa Camellia com um aceno de mão.

— E então... — começa ele, se inclinando em minha direção. — Quer mais da salsicha com sangue que você parece gostar tanto? — sorri ele. — Ou... mais de *mim*? — Ele afrouxa o colarinho, expondo uma parte do pescoço que lembro vagamente ter usado para me alimentar... logo depois de ele ter me mordido.

E quando o encaro, sei que é mais uma experiência que preciso abraçar — uma que não apenas irá alimentar minha arte, mas também libertar minha alma... como ele disse.

Olho o espelho a nossa frente e o vejo com seus cabelos pretos e lisos, o colete preto, as calças pretas e a camisa branca com babados e me vejo em meu vestido preto de seda, com uma tiara preta de linhito agora firme na cabeça.

E me aproximo dele, trazendo-o para mim, enquanto meus lábios atacam os dele. Lembro como é a sensação de ser amada, verdadeiramente amada, tanto tempo atrás, quando nos conhecemos, sabendo que reencontrei este amor. Baixo a cabeça, pressiono meus lábios em seu pescoço e bebo seu sangue.

Sentindo seus braços me envolvendo, apaixonados, protetores, fazendo-me sentir em casa.

Minha verdadeira casa.

A qual sempre pertenci.

KRISTIN CAST

Um

Terra.
 Ela está deitada de barriga para cima, coberta de terra,
 desolada
 machucada
 enfraquecida.
Na parte do mundo que ninguém deseja, sepultada entre criaturas pegajosas e inchadas de detritos.
 Ela é a raiz de uma árvore presa abaixo:
  sufocando,
    contorcendo-se para se tornar
      livre.
Sussurros daqueles que a rodeiam lhe dizem:
 — Você está segura,
 "envolta num caloroso abraço
 Abaixo."
 Ela é uma virgem de segurança. Sempre intimidada, atacada, atormentada.
 Sem ar. Sem luz. Nenhuma possibilidade de fascínio, alegria, amor, proteção.

Lar

ela ainda não encontrou você.

Mas Acima...

A ideia deixa o coração formigando e a pele morena ardendo, grudenta e quente. Ela sonha acordada com imagens de felicidade do mundo Acima.

Acima, ela pode sentir-se viva.

Acima, ela estará segura.

Qualquer lugar é melhor do que Embaixo.

De seu lugar mais no alto lá Embaixo, ela olha para cima. Seus cabelos, da cor das folhas caídas durante as estações secas, caem sobre a parte de trás do casaco de pele. Os músculos do pescoço contraídos pela ansiedade. Uma fenda na terra oca cintila com o calor do pôr do sol. Sua largura e seu comprimento revelam generosamente o azul Acima e a possibilidade de observar

os Outros.

Ela espera, buscando um vislumbre.

Trêmula pela expectativa, pela excitação, com a respiração silenciosa. Se esticasse os braços, as pontas dos dedos seriam capazes de brincar de esconde-esconde com o nível Acima.

Ali! Um Outro! Dirigindo-se ao abrigo, sua casa nas árvores, enquanto seu sol desaparece. Seu cheiro doce escapa pelas fendas de seu casulo. Medo arrasador.

Eles, os Outros, são altos e inflexíveis. A pele, mal coberta pelas peles de suas presas, é escura como a terra molhada. Ela combina com eles, com os Outros. Ela também tem pele escura. Não a de brilho estrelar como

142

têm os de aqui Embaixo, com suas pupilas grandes que sugam luz do nada.

Ela é única, evoluída, corajosa.

O que a diferencia, a semente do abuso.

Ela toca, vê, ouve, cheira, saboreia, deseja... diferente.

Sozinha, numa cova de ancestrais que viveram sempre aqui Embaixo. Que sempre viveram com medo da luz e dos Outros Acima, criados fortes e mortíferos, que por isso sobrevivem.

Ela foi exposta a 16 anos de medo e ódio, alertada sobre os Outros assassinos à espreita Acima, esperando arrancar os ossos dos que são capturados aqui Embaixo. As peles deixadas para apodrecer e se decompor empilhadas num aterro, olhos deixados abertos para observar os insetos ovularem suas larvas sobre eles mesmos.

Ainda assim, ela mantém o eterno fascínio pela vastidão do mundo que está Acima.

Sentada, observando, esperando, ela sonha com uma fuga do mundo Embaixo, dos torturadores que se alimentam de sua alma como vermes. Uma vida nova, um nome novo, uma família e uma casa nova. Sentir o calor do sol e beber dos serenos raios da lua.

Amar e ser livre.

Amar e ser desejada.

Amar e ser vingada.

Dois

— Ei, garota — proferiu uma voz putrefata em sua direção. Dez dedos aracnídeos molhados de cuspe ácido ergueram-se, pegando-a pelo vestido largo, tocando suas pernas descobertas de cima a baixo. — Desça aqui e se junte a nós. Temos brinquedos divertidos para você brincar. — O que falava, lambeu a lâmina da faca, enquanto os outros estalavam seus cintos e a ameaçavam com os punhos fechados.

Risadas masculinas atravessaram seus ouvidos e lhe embrulharam o estômago. A bile agitou-se, ameaçando sair pela boca e sujar o corpo nauseado. Ela balançou para a frente e para trás, entoando mentalmente um encanto de proteção passageira.

Os dez dedos ainda a seguravam.

Vou ficar bem.

O estômago ainda embrulhado.

Vou ficar bem.

Corpos ainda ameaçando... *Vou ficar bem...* provocando... *Vou ficar bem...* esperando.

Ela era "punida" por ser diferente. Era "divertido".
Vou ficar bem.

Acima.

Acima.

Acima.

— Não quer ver o que temos para você?
Lambida. Estalido. Murro.
Não, vão embora, vão embora.
— Estou bem aqui em cima.
— Ah, vamos. Vai ser divertido.
Lambida. Estalido. Murro.
Socorro! Vão embora! Socorro!
— Não, obrigada. Estou bem.
— Uhu, rapazes! Ela não é fofa? Tão certinha...
Mais aranhas picaram suas pernas, enchendo-a de veneno. Nauseando-lhe o estômago.

— Rheena! — gritou sua mãe biológica, interrompendo temporariamente o inferno da menina. — Oh, olá, rapazes. Vocês não deviam estar se preparando? — continuou a mãe, e Rheena abriu os olhos, o estômago dando uma trégua. — Pois bem, chega de papo e vão andando.
— Eles debocham e riem da garota e vão embora.

Por enquanto.

— Ah. Precisa aprender a parar de distraí-los de suas obrigações. *Vagabunda.*

Com um braço ela arranca Rheena de seu assento de sonhos e a derruba sobre a lama de baixo.

— Está quase na hora do sacrifício. Devemos fazer com que fiquem preparados para ir. *Acima* — continuou, e então ergueu um ombro cintilante na direção dos céus, contorcendo-se de medo e de desgosto; terminando com um suspiro. Os olhos azuis celestes chisparam, conscientes da comoção ao redor. Os caçadores reunindo as armas para a caçada. Rheena não conseguia ver na escuridão que os encobria. — Vamos lá, garota. Limpe-se, está sempre tão suja. Nunca vou entender por que fica aí sentada perto do sol, arriscando-se a ser vista por eles, os Outros — suspira ela novamente. Como se mencionar o nome deles fosse condenar os daqui Embaixo à morte. Rheena sorri para si mesma, desejando que isso aconteça. — É mórbido, Rheena. Revoltante. — Ela acompanhou a ladainha da mãe biológica, que se movia entre corpos pálidos que se arrastavam pesados, em silêncio, angustiados, até alcançarem a entrada da caverna.

— Humm, perdão?

Outro suspiro saiu dos lábios da mãe biológica enquanto se virava para Rheena:

— O que foi agora?

— Eu poderia ir lá, Acima, com os homens? Só uma vez?

— Você é idiota, idiota demais.

Rheena foi educada a não passar da entrada de casa e a entrar apenas quando era convidada, nos raros momentos em que o pai conseguia suportar a presença dela. Nervosa, observava esses seres cintilantes entrarem e saírem atribulados pelas aberturas de seus abrigos que mais pareciam colmeias. *Não me deixem sozinha. Aqui fora. Com eles.*

— Temos mesmo que repetir essa merda todo santo mês? — pôde-se ouvir a voz familiar e estrondosa do pai biológico do lado de fora do refúgio onde Rheena esperava.

Sempre à espera.

— Vocês mulheres não vão no mundo *Acima*, muito menos para caçar. É trabalho de homem. É coisa de homem. Por que aquela garota insiste em perguntar isso? Ela precisa saber que minha resposta vai ser sempre a mesma. Não! — Ele fez uma pausa, mas, bem como todos os outros homens que viviam ali Embaixo, não esperava ou não queria ouvir a resposta da mulher. — Agora, traga ela aqui e eu direi isso a ela. *Novamente.*
O ranger da espaçosa poltrona de madeira do pai dava a entender que ele havia se sentado, exausto e indignado com a garota que esperava lá fora. Como nos meses e anos anteriores, ela ficou tensa, à espera que a mãe a arrastasse para dentro para ser recebida pela careta de ódio e desgosto do pai.

Mas desta vez algo mudou.

A mãe biológica de Rheena pigarreou, sua voz estremeceu pela hesitação.

— Será que a gente devia impedir que ela vá dessa vez?

Não houve resposta.

— Quero dizer, ela quer tanto ir até lá, Acima, que provavelmente acabará se matando ao tentar subir. Não é melhor simplesmente deixar que ela vá de uma vez? — apressou-se a dizer a mãe biológica, torcendo para que não fosse interrompida. — Ninguém jamais vai pegá-la para procriar, e não consegue enxergar bem o suficiente para realizar tarefas simples que precisam ser feitas dentro de uma casa e para um homem. Vamos ficar presos a ela, e todos vão sempre olhar para você e para mim como se a gente não prestasse, como aqueles que nunca crescem. Sinceramente, você fez tudo que podia por essa garota. Por isso, vou perguntar outra vez, vai impedir que ela vá?

— Não.

Uma palavra determinou o destino.

Uma palavra provou-se amor.

Uma palavra: livre.

A mãe biológica, a inventora do novo final de Rheena, saiu como uma flecha pela porta da caverna, agarrou a menina pelo braço, arrastou-a por um corredor úmido e a jogou num enorme buraco debaixo da terra. Com detestável satisfação, a mãe biológica deu instruções rigorosas aos habitantes luminosos da enorme área:

— Ela deve ir Acima com seus homens quando forem caçar. E não deve retornar.

Rheena não recebeu nada da mulher quando partiu.

Rodeada de caçadores.

Rodeada pelo medo.

Eles esperaram que o último raio de sol fosse embora. Não havia ameaça dos Outros quando a noite surgia. As enormes criaturas eram incapazes de sobreviver na ausência do sol. Porque pisar sob a luz do luar, no escuro, despertava o Anjo da Morte.

Os homens do mundo Embaixo iniciaram a subida aglomerados. A massa foi ficando acalorada pela testosterona e pelas fantasias de matança. Rheena foi tocada, empurrada, espremida enquanto marchavam

para cima

para cima

para cima

saindo do buraco.

Formigas.

Três

O ar úmido ainda salpicado de sol girava em torno da garota nascida da terra. Os caçadores dispersaram-se, enquanto ela ficou ali imóvel e agradecida.

Finalmente.

Inexperiente e jovem, não tinha planos.

Apenas esperança.

Sempre esperança.

— Rheena. — Ela ouviu seu nome pairar naquela terra, beijando o céu, murmurando palavras de despedida. *Lar. Encontrei você?*

A luz da lua crescente tocou seus cabelos. Eles reluziram as cores do ônix. A sem-nome olhou em volta. A antiga tribo lançou flechas de irritação e ódio sobre sua nova aparência alienígena. Eles sabiam que ela não se juntara a eles para a caçada. O cuidado com que a menina se movia pela espessa mata fez a raiva dos homens ferver. *Como podia respeitar o mundo Acima?* O mato enredava-se em seus novos membros, ameaçando puxá-la de volta para onde ela era uma diversão imunda e idiota. Ela olhou para cima enquanto eles observavam. Ergueu os braços estendidos enquanto eles se agacharam para se esconder, à espera.

Sempre à espera.

Eles baixaram ainda mais no mato alto, camuflando-se. Negligenciando-a Acima como sempre haviam feito lá Embaixo.

Exceto um. Um homem de dedos finos e pegajosos como os de uma aranha, úmidos e ácidos, tecia promessas silenciosas na alma de Rheena.

Vou caçá-la.

Encontrá-la.

Matá-la. Devorá-la seca.

Aberração.

Quatro

Ela se separou, sem nome. Seu cordão foi cortado. Viva.

Um espírito partido, ela percorreu graciosamente a floresta de solo de musgo com olhos arregalados, feliz. Cumprimentou as árvores com as palmas das mãos e tocou com os pés descalços as raízes. Pôde sentir o calor remanescente do sol de verão e agradeceu aos céus pela brisa.

Os caçadores ainda estavam próximos. Ela ainda não havia escapado da explosão de ódio orgulhosa e primitiva da caçada. O uivo de um animal ferido vibrou pelos troncos dos novos amigos. Assustou seu corpo machucado e a jogou sobre as folhas secas.

A queda
    suave. Enganosa.

O que a espera abaixo,
        traição. Sempre à espera.

Uma armadilha de cordas dos *Outros* surgiu no ar. A menina sem-nome foi arremessada para trás. A silhueta grossa e rústica do amigo mostrou-se implacável. A escuridão cobriu seus olhos, como besouros silenciosos.

Cinco

O sol nasceu e bateu na janela aberta de Sol. Sem a presença dele o sono era um coma. Fez cócegas no pescoço dele e dançou sobre o peito de ébano nu.
Acorde, dorminhoco.
Não vá direto de volta para a cama.
É hora de levantar! É hora de brilhar!
Está na hora de abrir sua armadilha e jantar!
Música, paixão. Criou melodias do nada.
Abrir sua armadilha e jantar?
— É verdade. Devo ter um daqueles do mundo Embaixo à espera.
À espera?
Capturado, enganchado, destroçado.
Refém.
Assassino.
O Outro apertou os dedos de louva-a-deus, torceu o pescoço de girafa, preparando-se.
Ritualístico.

Sua presa. Seus sentimentos. Seus movimentos. Tudo planejado. Sempre a mesma coisa.

Assassino.

Sol abriu a porta da frente, tranquilo.

Assassino.

Olhos fechados, braços abertos para abraçar o grito que o assaltaria. Parte do presente.

Assassino.

Mas não ouviu nada. A oferenda não ecoou nenhum ruído.

Assassino.

— Nada? — murchou Sol. Abriu os olhos. — Espere. Havia uma coisa.

Ele se aproximou mecanicamente.

— O que você é?

As cordas e folhas foram soltas, derrubando a semnome. Era uma jovem. De cor de pele errada. Ele ansiava pela cor branca como a nuvem.

Errado. Tudo errado.

Como um passarinho, estremeceu de fascínio, curiosidade. Nenhuma emoção, nunca alguma.

Ela é invisível, solitária, novidade.

Ele a carregou para dentro. Colocou-a em sua cama.

Energia desprovida de esforço. Força dos deuses. Velocidade furtada do vento.

Foi um ato de compaixão?

Não. Nunca algum.

Apenas curiosidade. Sem emoção.

Seis

Com o sol desperto, observando, ele estava escondido sob folhas mortas, casca morta, terra morta.

Separado dos outros caçadores. Não poderia haver testemunhas.

Covarde.

— A vagabunda acha que pode fugir e que vamos esquecê-la. Aberração maldita. — Uma gargalhada psicótica escapuliu dos lábios úmidos de verme e envolveu a faca. A faca dele. — Não, não, não. Não encerramos a brincadeira. Sou eu quem decido quando acaba e não acabou ainda.

Ele dormiu com o mau cheiro, à espera da lua.

Assassino. Covarde.

A ferramenta de tortura sussurrou, sádica. Ansiosa. Contente.

Mate-a.

Nós mataremos.

Sangre-a.

Sangre-a, saboreie-a, devore-a seca.

Ela pediu por isso. Que a matemos.
Nasceu uma aberração.
Mate mate mate mate matematematematematema-
tematematematematematematematematematematemate.
Hummmmm.

Sete

A menina acordou com sons tangíveis.
E sol.

Vibrações fortes serpenteavam no calor do sol, ondas reconfortantes desvelaram a consciência, inundaram seu corpo, curando, fortalecendo.

A escuridão foi retirada de seus olhos, revelando um ambiente alienígena. Ela se sentou. Nenhuma palavra poderia sair de sua boca. A mente estava pesada e vazia. A música que a tinha trazido de volta à vida já não tocava. Permitindo que a dor perfurasse buracos, invadindo-a do crânio à espinha. Ela se retraiu, os dentes trincaram, a realidade foi sumindo, o sono correndo para pegá-la. Foi interrompido, pelo espesso melado.

— Está segura aqui.

Curiosidade sem emoção.

Segura. Você, garota, sem-nome, desdenhada, abusada, descartada. Está segura.

Ela se virou para ele, a dor era dilacerante. As batidas do coração dela ritmavam com o piscar de olhos dele, ovos imersos em esmeraldas misteriosas, suspensos num rosto delicado e sem linhas. O mundo Embaixo seria consumido, minguaria nesses olhos.

Sol acenou com a cabeça e continuou a tocar.

Música. Mas essa era diferente das batidas duras tocadas lá Embaixo.

Isso era paixão.

A figura escura e harmoniosa do Outro se derretia sobre o instrumento de cordas com formas de mulher, e se tornava fluida. A tinta saltava das páginas que usava para tocar, construídas como homem.

A música dele inundou suas entranhas.

Remodelando-as.

Criando novas.

Lágrimas arderam em seus olhos, saltaram do queixo, escorreram pelo pescoço. Vistas pelo sol. Nuas. Novas. Expostas.

A música cessou e ele passeou os olhos pelo rosto molhado. *Inocente, lindo.*

Linda. Você, garota, sem-nome, desdenhada, abusada, descartada. É linda.

— Aborreci você?

Pausa

apenas as folhas farfalharam em resposta.

— Não precisa ter medo. Não vou lhe fazer mal. Você é muito... diferente.

Curiosidade sem emoção.

A menina piscou devagar, afastando a dúvida do olhar. Ele estava de frente para ela. *Um Outro.*

Cinco passos demoraram apenas um momento.

O frio soprou de sua terna moldura. Causando arrepios nos braços da menina.

— Bem, deveria estar com medo, mas...

Sou muito diferente?

— Mas não estou.

Dor pela jornada até lá em cima, por proteção, veio à tona enérgica. A cabeça latejava e ardia.

Os olhos fechados

ela encolheu as pernas contra o peito.

Mergulhando novamente

num sono nebuloso.

Sol pegou a nova menina sem-nome e evitou que tombasse no chão.

Um erro?

Sua espécie não estava destinada a sentir sem matar. Não foram criados para sentir emoções espontâneas.

Ao tocá-la, ele agora sentiu tudo.

Sugou a dor e a ardência do corpo da menina

filtradas por meio dele

provocando sombras de emoção.

Olhos verdes como cristal se retorceram com sua dor

seus anseios

suas necessidades.

Vá em frente!

Ela é única.

O Outro olhou para ela

sozinha
insegura
maravilhosa.
Sem saber o que aconteceu.
Querendo mais.
A curiosidade fugiu.
O desejo o consumia.

Ela havia sentido a conexão.
    Sua vida, um quebra-cabeça.
        Peças escondidas.
Uma encontrada.
O Outro piscou, de pé. Mais uma vez, vazio de emoção.
        Racional.
— Sou Sol.
Ele desejava o toque dela. Não suas palavras.
— É, humm...
Afastando seus olhos dos dele,
    ela buscou uma nova identidade,
sem querer estar vinculada à aspereza do nome que lhe fora dado.
— Aurora. Sou Aurora.
Ela apontou para o peito como se forçasse o nome para dentro do coração. Uma brisa fresca e com cheiro de sol brincava com o emaranhado de cabelo castanho-avermelhado enquanto ela observava o pequeno

cômodo. Os olhos miraram as janelas, e ela pôde ver que não estava mais próxima da terra. Aurora inclinou a cabeça para a frente e passou depressa por Sol em direção à fileira de janelas adiante.

Seu corpo ficou tenso de entusiasmo e curiosidade.

— Como vim parar aqui?

A viagem perigosa rumo à casa dele nas árvores havia embaralhado as lembranças.

— Capturei você. Estava inconsciente, então trouxe você para cá e esperei ao seu lado.

Racional.

Emoção?

Nunca. Nenhuma.

Exceto

      com o toque dela.

— Você me capturou?

Ela se virou para ele. O otimismo transformando-se em irritação e medo. Imagens do passado tornando-se claras.

Seria esse o fim?

Não. Ela havia sentido algo. *Eles* haviam sentido algo.

Um início.

Ela acreditou no que ele disse. Estava segura. Ali. Com ele.

E

      ela estava *muito diferente*.

Aurora deixou as perguntas, as dúvidas saírem pelos ouvidos

                e descerem pelos ombros

para fora da janela.

Ela não queria que nada atrapalhasse o que estava sentindo.

Finalmente sentindo.

Finalmente confiando.

Finalmente feliz.

Mas mesmo assim, a curiosidade não dava trégua.

Cruzou o cômodo. De volta para ele.

— Conte-me por que você mata. Quero entender.

Ele tinha ouvido as palavras da garota, mas só conseguia se concentrar em seus lábios.
Quase não se mexeram
embora houvessem dito tanta coisa.
Sol desejava apertá-la em seus braços e sentir. Bloquear as palavras e fazer os corpos se apressarem juntos.
Ele permitiu que as fantasias amadurecessem antes de falar.
— Venha comigo.
Ele a levou casa adentro e fez um gesto para ela se sentar numa mesa coberta de papéis. Símbolos e notas musicais salpicavam as páginas.
Ele se sentou numa cadeira de frente para ela.
— O povo do lugar que você veio é luminescente, suas pupilas consomem e buscam a luz. Essa luz que passa por eles nos provê algo aqui, Acima.
"Algo que precisamos drenar.
Algo que precisamos beber."

Ele entreabriu os lábios. Uma fileira de dentes ficou à mostra. Todos iguais.

Ele fechou bem os olhos.

Espere.

Dois diferentes.

Os caninos haviam crescido. Pontudos. Afiados. Mortais.

E desapareceram.

— Faço por isso. Minha música. O que você ouviu, o que a despertou, não posso criar

"sozinho.

Sem a sua gente, o brilho deles

Não consigo imaginar.

Eu, *nós* somos desprovidos

de sentimentos, afeto.

De

emoções verdadeiras."

Sol ergueu os dedos trêmulos na direção da menina, ousando tocá-la.

— Não preciso disso para viver;

"preciso disso para me sentir vivo.

Mas você, Aurora, é extraordinária."

O coração da menina ameaçou sair pela boca. Quis puxá-lo para si e chorar palavras de agradecimento em seu peito.

Estou em casa?

— Seu toque é capaz de me encher com a mesma vivacidade pela qual teria que matar.

Aurora sabia que deveria, mas não conseguia sentir repulsa por ele e não conseguia temê-lo. Havia sentido essas sensações disfarçadas em sua cela, Embaixo.

Esse não é o meu povo agora. Nunca foi.

Sem pensar, deslizou a mão sobre a dele. Foi como se tocasse gelo.

Os olhos de Sol reviraram e então se fecharam e ele respirou fundo.

— O que você sente? — sussurrou Aurora.

Sol sorriu e abriu os olhos. Aurora se sentou do outro lado da mesa e aguardou uma resposta de aprovação.

— Tudo.

Ela é a beleza.

Sol se debruçou sobre a pequena mesa que os separava e pegou no rosto de Aurora, trazendo-o para perto do seu.

Lábios quentes tocaram, pressionaram. Trocando novas sensações.

Lábios quentes pressionados, entreabertos. Conectando segredos.

Ele havia dado a volta na mesa sem deixar de tocá-la e agora a apertava contra seu corpo. Ele a beijou com mais intensidade e sentiu os caninos crescerem.

Afastou os lábios dos de Aurora.

Sua primeira vez

constrangido.

Aurora sorriu e tocou as pontas dos dentes de Sol.

— Está tudo bem.

Ela o aceitava, queria-o por inteiro.

Chega de esperar.

Ela o puxou para perto novamente.

Música, a música *dele*, invadiu o corpo de Aurora.

O desejo relaxou suas mãos, que, sôfregas, foram desprendendo botões, zíperes, amarras. Nunca havia desejado, pretendido, sentido tanto.

Amor, lar, ela os encontrou.

Dez

A noite acordou e suscitou promessas sonolentas. A luz do luar entrou furtivamente pelo esconderijo dos dois.

Assassino. Covarde.
Acorde.
Precisa acordar.
Precisamos caçar.

O homem levantou-se de repente. Alimentado pela decadência de sua cama e doente, doces imagens de uma garota coberta de sangue.

Assassino. Covarde.

Passou a saliva na faca, preparando-a para a futura tarefa.

Encontre-a.
Mate-a. A aberração. A vagabunda.
Precisamos matar.
Agora agora agora agora agoraagoraagoraagoraagoraagoraagoraagoraagoraagoraagora. VÁ!!!!!!!

Foi andando sorrateiro pelo chão do mundo Acima. Seria fácil encontrá-la. Ele conhecia a voz dela. Conhecia o cheiro. Sabia que ela estava próxima.

Onze

Sol estava deitado ao lado da beleza, do amor. Contemplando-a, enquanto ela falava do passado, de seus sonhos, de esperanças, desejos, necessidades, amor.
    Sem toques.
        Ainda sentindo.
    Ela o tinha mudado.
    Ele agora possuía sentimentos sem que ela precisasse tocá-lo. Dentro dela, ele havia se encontrado.

Doze

— É claro que a primeira coisa que ela vai fazer é se meter com um dos Outros e virar a vadia de algum assassino. Mas ele não pode protegê-la agora, não, senhor. Ele não pode protegê-la de jeito nenhum.

Sua ladainha insana era ouvida e respondida:
Você deve ensiná-la.
Ela precisa aprender uma lição.
Sangre-a, saboreie-a, devore-a seca.
Ela pediu por isso. Que nós a matássemos.

Foi se arrastando para cima cima cima. Rasgando roupas, arranhando a carne. Indiferente à dor. Sua faca, tranquila, esperando aninhada entre dentes molhados.

Assassino. Covarde.

Ele a tinha alcançado. Uma casca áspera presa nas mãos, suadas de desejo, ansiedade. A noite o acobertava, mas ele ainda se mantinha de pé nas sombras, absorvendo o instante anterior ao momento em que a presa notaria sua presença.

Ela pediu por isso.

Mate-a.

Tirou a faca da boca e empapou os lábios com o excesso de saliva.

Mate-a.

A respiração acelerou, revelando sua presença. Ela se virou rapidamente e o corpo começou a formigar.

— Vamos ver o que há debaixo das cobertas, garota.

Antes que ela tivesse tempo de gritar, correr, lutar, sentir, digerir, ele estava sobre ela. Ela tombou com a *pancada* na sacada de madeira. O cobertor foi arrancado enquanto ele sentava sobre o estômago nu e embrulhado dela. Quatro dedos aracnídeos forçaram passagem entre os dentes dela e apertaram sua língua.

— Shh, shh, shh, não chore. Vai ser divertido.

Treze

Sol acordou e encontrou o espaço ao seu lado vazio e o sol silencioso.

Todos os cômodos.

Vazios, solitários.

Mas a porta da frente

aberta.

— Aurora? Você está fora?

Um novo sentimento o inundou.

Pânico, desespero, negação, angústia dilaceraram seu estômago, derramaram-se em seus pés, e Sol tombou de joelhos.

— Nãonãonãonãonãonãonãonão. — Sussurros.

Ele engatinhou até ela.

Inocente, linda.

Sua boca, seus olhos abertos. Seu corpo, branco demais.

Diferente demais.

Apenas duas cores:

Terra.

Sangue.

Impressões digitais marrons e vermelhas formavam pétalas mórbidas ao longo da figura talhada.

Tanto sangue.

Sangue demais.

E uma palavra.

Ele viu quando a envolveu de volta no cobertor.

Ela parecia tão fria, só.

Ela parecia tão fria, só... morta.

Uma palavra talhada.

Uma palavra talhada numa das bochechas.

ABERRAÇÃO

Ele tocou as letras ásperas. Ela havia lhe deixado um último presente. Imagens estalaram em sua mente.

De um homem.

De uma faca.

De Embaixo.

Uma nova emoção começou a brotar da pele.

Fúria?

Sim.

Sempre.

Ele a pôs na cama.

Deixando-a em segurança.

E mecanicamente saiu de sua casa e pisou sobre a borda do deque.

Folhas secas farfalharam sob seus pés quando aterrissou...

O sangue, o sangue dela, havia formado um rastro de vitória que levava ao mundo Embaixo.

Sol seguiu a trilha. Pés tão velozes, ele voava.

Este homem já não existia. Este amante, amigo, companheiro, abrigo, lar
não existia mais.

Ele havia morrido com ela.

Vou matar todos vocês.

Catorze

Por onde os caçadores costumavam sair, Sol entrou. Apenas um homem de sentinela. Olhos fechados, pés escorados, observando.

A figura obscura torceu a cabeça do guarda.
                                      Arrancando-a.

Surpresa.

Nenhum ruído.

Somente fúria. Sempre fúria.

O Outro seguiu para a porta de entrada, tateando as paredes pelo caminho.

Cega. *Era assim que ela se sentia.*

A garganta foi descendo para o estômago e ele a forçou de volta para cima.

Somente fúria. Sempre fúria.

Ele chegou ao corredor. Ninguém. Esta era a noite deles. A hora de descanso. Ele possuía poder demais, estava tomado por fúria demais para permitir que o numeroso bando que dormia afetasse seus planos.

Vou ajudá-los a descansar. Vou matar todos vocês.

O pesadelo foi de caverna em caverna. Uma sombra retorcida roubando vidas.

Transtornado pela perda, motivado pela ira.

Enquanto rastreava o mundo Embaixo, em busca de mais para extinguir,

sentiu o cheiro.

Sentiu o cheiro dela.

A criatura foi atrás do odor e foi recepcionado por uma risada debochada.

— Sabia que você viria. Pude sentir. Assim como pude sentir a garota.

A criatura luminosa girou a lâmina nas mãos e pressionou com força a superfície plana da arma no

nariz

lábio

na língua dele.

Os olhos se reviraram a cada lambida.

— Aquela aberração.

Mal terminou a frase, a criatura já havia se lançado contra a presa e a atacado. Uma parede de terra sob os ombros do homem.

As risadas continuaram.

— Isso

"foi

divertido."

O aperto do Outro no ombro reluzente ficou mais forte. Polegares ultrapassaram a pele, o músculo, quebraram o osso.

— E isso também é.

O Outro liberou os caninos e dilacerou o rosto do homem. Rasgou-lhe o pescoço.

Arrancando a pele.

Não há mais risada.

Apenas perda.

Quinze

Sangue, morte, perda, angústia, fúria ácida no estômago. Expurgou, desejando ficar vazio, e foi se arrastando de volta para a clareira por onde havia entrado.
Novamente alcançou a entrada.
Havia libertado-a e agora o aprisionava.
O sol esmorecia, mas, para essa criatura, a luz já havia ido embora.
Ele não tinha nada
                                  e ansiava por tudo.
Um sussurro. Um nome. Flutuou vindo da lua e beijou o coração dele.
Rheena.
Sol adentrou na noite.

Caçando Kat

KELLEY ARMSTRONG

R elaxada na espreguiçadeira em frente ao nosso quarto de hotel.

— Deleitando-se no sol, *mon chaton?* — soou o sotaque francês de Marguerite atrás de mim. — Tem feito muito isso ultimamente.

— Não posso mais ter câncer de pele mesmo.

— Não, você gosta de torcer o nariz com esse mito.

Sorrio.

— Um vampiro bronzeado. Tão Drácula-retrô.

Ela suspirou. Eu me virei para olhá-la, enquanto ela saía pela porta com tela. Assim como eu, Marguerite é uma vampira. Ela, no entanto, há muito mais tempo. Mais de cem anos, embora pareça ter 20, a idade que tinha quando morreu. Eternamente bela. Bem, no caso de Marguerite, pelo menos isso — é pequenina, tem cachos louros e grandes olhos azuis. Achei que fosse um anjo quando a conheci. Ela era *meu* anjo, resgatando-me de uma experiência científica e de pais que não eram meus pais de verdade, mas pessoas pagas para cuidarem de mim.

Isso foi dez anos atrás. Eu tinha 16 anos agora e havia me tornado um imortal há seis meses. Marguerite não tinha nada a ver com minha transformação em vampiro. Essa era a experiência, além de um tiro no coração.

Marguerite sabia quem eu era desde o início. Por isso havia me resgatado. Nunca me contou a verdade, descobri da maneira mais dura, quando acordei numa mesa de autópsia de um necrotério. Entendo por que quis manter segredo — desejava que eu crescesse como uma pessoa normal —, mas ainda não superei isso. Não vou contar isso para ela. Quando o assunto é culpa, Marguerite não precisa de ajuda.

— Está com fome? — perguntou ela, segurando uma caneca térmica.

— Não disso.

Ela deixou a caneca ao meu lado. Senti o cheiro de sangue, aquecido na temperatura do corpo. Como se fizesse alguma diferença.

— Precisa beber, Katiana — disse ela.

— Isso está velho. Agora aquilo... — apontei para um homem a três portas da nossa, desmaiado de tanto beber. — Isto sim é um café da manhã decente. Ele já vai ter uma ressaca mortal mesmo. Umas gotinhas de sangue a menos não fariam diferença.

— Você é nova demais para bebidas alcoólicas.

— Ha-ha.

—Estou falando sério, Kat. O que tiver no sangue desse homem vai para o seu. Drogas, álcool... Precisa levar tudo isso em consideração.

—Não, preciso levar em consideração o que eu sou. Uma caçadora. Preciso caçar, Mags. Você caça.

—Você também vai caçar um dia, *mon chaton*, quando estiver...

—Psicologicamente e emocionalmente preparada — completei, tentando disfarçar a irritação na voz. — Mas você vai falar sobre isso com os outros vampiros, não vai? É por isso que vamos a essa reunião em Nova York.

—Vamos por muitas razões.

—Mas vai perguntar a eles se já posso começar a caçar.

—Sim, eu vou. Agora beba. Ainda temos muita estrada pela frente.

Marguerite entrou para se aprontar. Bebi o sangue. Era como comer cookies de marca de supermercado — dava para sentir uma prova do que realmente queria, do que desejava tanto, mas que se escondia sob uma camada pesada de porcaria.

Enquanto tomava o sangue, olhei de relance para o bêbado e me imaginei enfiando os caninos naquele pescoço. Imaginei seu sangue quente e delicioso. O céu da boca ficou tão dolorido que mal consegui terminar o sangue do café da manhã.

Sei que falando assim pareço uma vaca sem coração, fantasiando beber o sangue de um cara, como se fosse perversamente indiferente à situação toda dos vampiros. Não sou. Tenho meus dias bons. E tenho os ruins, quando não consigo sair da cama de manhã, quando fico deitada pensando e sofrendo.

Vou ter 16 para sempre? Marguerite diz que não, que a experiência de modificação genética era para se livrar dessa história de juventude eterna, que, se você parar bem para pensar, não é uma benção ter a mesma idade para sempre, sem nunca poder sossegar num lugar só, fazer amigos, arranjar um emprego, se apaixonar...

E se a modificação falhou? E se eu *tiver* 16 pelos próximos trezentos anos? Penso em tudo o que não fiz antes de ser transformada. Coisas que talvez nunca mais possa fazer.

E se a modificação funcionou, o que pode acontecer? Não me machuco, não fico doente. Isso quer dizer que sou invulnerável, mas não imortal? Que vou morrer quando chegar aos cem anos, como todo mundo? Ou viverei até uns trezentos ou quatrocentos anos, como os vampiros de verdade? Se for assim, vou envelhecer normalmente e me transformar numa velha decrépita horrível? Marguerite não tem nenhuma resposta para mim, apenas fica dizendo que tudo vai dar certo, o que quer dizer que ela está tão preocupada quanto eu.

Tento não pensar nisso. Já tenho muito com que me preocupar com a vida do jeito que está: ficar salivando por humanos. Tomar sangue. Ter medo de que o Edison Group volte a me encontrar. Ter medo de fazer alguma besteira e de ser pega.

Mesmo descartando o problema do Edison Group, ainda tem tanta coisa para me estressar. E se eu for atropelada por um veículo e os médicos me levarem para um hospital e lá, opa, de repente, estou novinha em folha outra vez? E se as pessoas perceberem que sou uma vampira? Vão me matar? Ou me usar de cobaia em experiências? Vão me trancafiar? Estaria melhor se o Edison Group me *pegasse* de uma vez?

Por isso, não, não sou indiferente. Estou me adaptando. Mais ou menos. Hoje vamos a Nova York encontrar outros vampiros e conseguir algumas respostas sobre as modificações genéticas e como lidar com a minha situação. Então hoje será, com certeza, um dos meus dias bons.

E em relação a caçar humanos; também não sou indiferente a isso. Quando chegar a hora, mesmo que não tenha efeitos colaterais duradouros nos humanos, acho que vou me sentir culpada. Marguerite se sente. Mas mesmo assim preciso caçar. Sinto no estômago uma inquietação dilacerante, como quando fico muito tempo sem malhar.

Quando a sensação fica ruim, não importa a quantidade de sangue enlatado disponível. Fico caminhando e sinto o cheiro de algo inacreditavelmente gostoso. Começo a salivar, o estômago ronca, e ao me virar vejo não um prato de *cookies* recém-saídos do forno, mas uma pessoa, até mesmo um amigo. Não dá para descrever como é sentir isso. É ruim. Ruim demais.

Terminei de beber o sangue e entrei. Marguerite estava no banheiro, se maquiando, olhando-se no espelho. Debrucei-me sobre a pia e observei-a colocando o batom pálido na boca carnuda e naturalmente rosada.

— E então quem é o vampiro bonitão de Nova York? — perguntei. — Um soldado moreno e napoleônico que conheceu durante a Guerra Civil? Deu abrigo a ele para fugir da caça às bruxas? Separaram-se no *Titanic,* cada um boiando em seu iceberg?

— História não é o seu forte, não é mesmo, *mon chaton*?

— Estou improvisando. E então, quem é ele?

— Não existe ele. Quero aparecer bem para pessoas que não vejo há algum tempo.

— Sei.

Eu me olho no espelho... sim, diferente dos vampiros de Hollywood, eu consigo ver meu reflexo. Ao lado da imagem frágil de porcelana de Marguerite, sempre me sinto grandona e desastrada. Mas, juntas, a diferença não é óbvia. Sou apenas alguns centímetros mais alta, e magra o bastante para vestir, com muito esforço, suas saias estilosas e jaquetas de couro. No entanto, ninguém nunca acha que somos irmãs. Meus cabelos castanhos dourados, olhos verdes e pele levemente bronzeada não deixam dúvidas.

Pego a bolsa de maquiagem. Ela a arranca da minha mão e me passa um brilho labial.

— Quando você tiver 17 — disse ela.

— Talvez nunca tenha 17.

— Então nunca vai precisar de maquiagem, vai?

Suspiro. Marguerite consegue ser inacreditavelmente antiquada às vezes. As desvantagens de se ter uma guardiã que cresceu no século XIX. Mas nesse ponto, para ser sincera, nem me importo. Sou uma atleta, não uma líder de torcida. Maquiagem é um saco. Bem, na maioria das vezes. Abro exceções em algumas ocasiões. Não que tenha havido alguma desde que me transformei. Imagina se um cara vem me dar um cheiro no pescoço e descobre que não tenho pulsação. Marguerite diz que os homens não percebem essas coisas, mas não estou pronta para correr o risco.

Fui para o quarto, peguei as chaves e fiquei mexendo nelas.

— Não se esqueça de que agora tenho carteira de motorista. Se apresse ou vou para Nova York sem você.

Ela não se deu ao trabalho de dar as caras lá de dentro do banheiro. Não me chamou quando saí pela porta. Nem ao menos ligou para o meu celular quando tirei nosso pequeno carro alugado da garagem. Sabia que não ia muito longe. Tem dias que gosto disso: saber que ela confia em mim. E tem dias que queria muito ser um pouco mais rebelde. Um pouco menos previsível.

Provavelmente sabia aonde eu estava indo. Havíamos parado num café e padaria minutos antes de encontrarmos um lugar para dormir na noite passada, e ela havia prometido me deixar dirigir até lá de manhã para pegar alguma coisa para comer. Vampiros não precisam de comida. Mesmo assim, podemos comer e beber, o que ajuda a gente na integração com os humanos. Para a maioria, como Marguerite, comida não cai bem no estômago. Não é o meu caso. Esta é uma das modificações que *funcionou*, aparentemente.

Comprei um café com baunilha e avelã extragrande e um pão doce de canela. Em seguida voltei para o hotel, com o som aos berros, pé enterrado no acelerador, voando pela estrada Vermont. Bem, quase isso. A música estava moderadamente alta e a velocidade estava cerca de 10 quilômetros por hora acima do limite permitido. Tudo bem, cinco *milhas* acima do limite permitido, melhor dizendo. Eu sou americana, mas Marguerite é franco-canadense e passamos quase toda a última década em Montreal, por isso estou acostumada ao sistema métrico.

Milhas ou quilômetros, o fato é que não corria muito, e deixei o café e o pão doce intocados ao meu lado para comer somente quando Marguerite já estivesse ao volante. Eu sei, posso agir como uma adolescente debochada e revoltada, mas raramente descumpro as regras. Marguerite diz que é da minha criação. A única vez que meus "pais" me elogiaram foi na época em que fui modelo mirim, tediosamente bem comportada. Ser vampira não faz de mim uma durona destemida. Infelizmente.

Também não sou uma completa covarde. Por isso, quando um furgão apareceu rugindo atrás de mim, não segui as orientações do instrutor de direção de parar no acostamento para ele passar. Aumentei a velocidade. Ele colou no meu para-choque, tão próximo, que só dava para ver a grade do caminhão.

Só aí percebi como a estrada estava vazia, serpenteando a encosta da montanha, com densas árvores por ambos os lados da estrada e uma barragem íngreme à direita. Não havia visto sequer um carro desde a saída da cidade. Ou seja, não era o melhor lugar para bancar a *Mad Max*. Então diminuí a velocidade e dei bastante espaço para ele passar.

Quando ele iniciou a ultrapassagem, tirei o celular do bolso. Então a grade desapareceu do meu retrovisor assim que o veículo passou para a outra pista.

Olhei pelo retrovisor lateral. Apenas de relance. Eu estava com as duas mãos no volante. Não escapuli para a outra pista. Estava certa disso. Mas o que vi em seguida foi um choque de metal com metal e meu carro sendo jogado contra o acostamento.

A garganta fechou, o cérebro acendeu o alerta, os pneus cantaram enquanto eu afundava o pé no freio. O carro continuou andando, deslizando sobre a beirada da estrada.

Capotou e continuou capotando, só consegui baixar a cabeça e protegê-la com as mãos, até que houve uma batida de chacoalhar os ossos. E tudo ficou preto.

Fiquei desacordada por apenas um segundo. Quando recuperei a consciência, o carro ainda rangia pelo impacto. Abri os olhos e vi uma árvore no banco do carona. O carro envolvia o tronco.

Tentei soltar o cinto, mas não consegui me virar. Um galho cravou num dos ombros e me prendeu ao assento. Fiquei olhando para isso. Havia um *galho* enfiado no meu *ombro*. E eu não sentia nada.

Respirei fundo e o arranquei. Não sem algum esforço. Vampiros não têm força descomunal — outro mito que caiu por terra —, e o galho estava cravado até o outro lado do banco e deu trabalho, mas finalmente consegui soltar. Deixou um furo na camisa, mas, óbvio, nenhum sangue. Havia um furo no ombro também, que logo fecharia.

Tentei verificar o estrago no espelho. Ao me enxergar soltei um ganido e fechei os olhos em seguida. Mais um longo suspiro. Então baixei o para-sol e abri o espelho.

O nariz estava quebrado, praticamente plano por causa de uma batida da qual não me lembrava. O lábio estava partido. E um de meus olhos não estava... exatamente no lugar.

Ai, Deus. Meu estômago embrulhou. Fechei os olhos e pressionei a palma da mão num dos olhos machucados. Voltou para o lugar. Estremeci... o estômago revirava.

Toquei o nariz e o puxei. Os dedos puderam senti-lo tomando forma novamente.

Pronto. Tudo no lugar. Agora...

— Olá! — gritou um homem.

Baixei a cabeça para poder enxergar pelo vidro estilhaçado. Havia um veículo estacionado no acostamento da pista, lá em cima. Seria o cara que me jogou para fora da estrada?

Não. Era um carro, não um caminhão. Pude ver dois pares de pernas fora do carro. Eles devem ter visto o meu carro voar para fora da estrada.

Isso não era bom. Não podiam me encontrar, não enquanto estivesse com um buraco no ombro e sabe-se lá Deus quantos outros ferimentos, que milagrosamente desapareceriam durante o percurso da ambulância para o hospital. Exatamente o tipo de cenário que temia.

Enfiei o celular no bolso e agarrei a maçaneta da porta. Meus dedos deslizaram numa superfície úmida. Café, eu me dei conta. Todo o interior do carro estava respingado de café.

Ei, pelo menos não é sangue.

Dei um puxão na maçaneta. Claro, a porta não abriu. Tentei me levantar para ficar de joelhos no assento e sair pela janela.

Minhas pernas não se moviam.

Olhei para baixo. Estavam esmagadas. Ai, Deus. Minhas pernas estavam *esmagadas*.

— Tem alguém aí? — perguntou o homem.

— Acho que vi um carro — respondeu uma mulher.

— Você chamou a...? — a voz sumiu.

Tudo bem, eles não viriam até aqui. Pelo menos por enquanto. Tinha tempo. Peguei o volante quebrado, que veio nas mãos. Coloquei-o de lado, então passei as mãos nas pernas e tentei soltá-las. Os músculos não estavam respondendo, as pernas pareciam frouxas.

Contanto que não estivessem *completamente* frouxas... do tipo sem conexão com o restante do corpo, porque tinha quase certeza de que, por muitas que fossem as habilidades regenerativas dos vampiros, não seriam capazes de tamanha reabilitação. Na verdade, tinha certeza absoluta, pois o único jeito de me matar seria por decapitação. Algumas partes simplesmente não se regeneram.

As pernas, no entanto, pareciam totalmente presas. Quase grudadas uma na outra, o que significava que em mais alguns minutos estariam juntas *de verdade*.

Empurrei o banco para trás e me contorci até conseguir soltá-las. Mesmo assim continuavam imóveis, talvez porque houvesse pedaços de ossos quebrados saindo pela calça jeans.

Ainda bem que não fiquei nauseada. O sonho de seguir carreira na área de medicina esportiva andava um pouco esquecido, mas pelo menos os verões como voluntária numa clínica serviram para alguma coisa e consegui reposicionar as pernas. Os ossos voltaram para o lugar com uma facilidade impressionante, como se estivessem apenas esperando por um empurrãozinho.

Obviamente, *não* iriam cicatrizar pelos próximos minutos, o que significava que não sairia dali caminhando. Limpei os cacos de vidro da janela e saltei do carro... e bati com a cara no chão, dando uma cambalhota e caindo de costas. Fiquei ali um pouco, recuperando o fôlego e ouvindo o som ao redor.

Ainda dava para escutar duas pessoas do topo da encosta, mas não conseguia entender o que conversavam até pescar as palavras:

— ... parece que tem uma trilha aqui para descer...

Rolei rapidamente e me arrastei pela folhagem. Não havia forma de fazer isso silenciosamente. Folhas mortas e gravetos se partiam enquanto seguia adiante, rastejando. Pouco depois ouvi o homem gritar:

— Acho que tem alguém lá embaixo!

Arrastei-me mais depressa, esperando a cabeça do homem surgir acima do matagal. O que significava que *não conseguia* ver para onde ia. De repente, toquei o vácuo, tentei recuar um pouco, mas era tarde demais. Tropecei na margem de um rio e fiquei com a boca cheia de lama e água ao cair no córrego.

— Ouviu isso? — perguntou um homem.

Ouvi passos de pessoas correndo. Olhei em volta. Não havia onde me esconder. Estava encurralada...

... num riacho lamacento de no máximo 70 centímetros de profundidade.

Enfiei-me na parte mais funda da margem e me estiquei. A água gélida me cobriu, invadindo minhas narinas, e a parte ainda humana do cérebro entrou em pânico, alertando-me de que estava me afogando. Espremi os olhos e ignorei o alarme.

Minutos depois, senti a dupla se aproximar. Sim, senti. Antes de me transformar, Marguerite tentou explicar esse sexto sentido dos vampiros e eu havia o comparado ao dos tubarões, que conseguem sentir a pulsação eletromagnética da presa. Agora que experimentava a sensação pela primeira vez, diria que é exatamente isso: um arrepio esquisito avisando-me de que há pessoas por perto.

Eu me concentrei e consegui captar as vozes do casal, fracas e abafadas.

— ... o carro está vazio.

— Ninguém teria conseguido sair dali.

— Mas não tem nenhuma marca de sangue. Quem sabe o motorista foi lançado para fora.

— Vamos voltar. Fique de olho. A polícia deve chegar a qualquer momento.

Esperei até não sentir mais ninguém. Então levantei a cabeça lentamente. Dava para ouvi-los na barragem.

Mexi as pernas. Já estavam melhores. Que bom.

Tentei levantar. As pernas estavam fracas demais e tombei de volta na água. Afundei, mas o casal parecia não ter ouvido nada. Levantei finalmente, evitando forçar muito as pernas, usando os joelhos para dar mais tração, arrastando-me para a margem e em seguida para o matagal.

Quando já estava distante o suficiente, peguei o celular. Desligado. E não ligaria mais.

Sacudi o aparelho e um vulto passou atrás de mim. Olhei em volta e só vi um borrão. Mãos me agarraram pelo ombro e me empurraram contra o chão. Algo muito gelado pressionava meu pescoço. Relutei e me contorci, tentando me livrar, mas o mundo começou a girar e tombar e então...

Quando acordei, havia um cara debruçado sobre mim. Por instinto, me levantei bruscamente e o golpeei com um murro no queixo. Ele voou com um uivo. Fiquei de pé num pulo. Ainda um pouco zonza, mas pelo menos consegui ficar em pé.

Olhei em volta rapidamente. A floresta havia desaparecido e estava num quarto com paredes de madeira, como uma espécie de cabana. Pisquei forte, tonta por causa do tranquilizante, o cérebro ainda não havia pegado no tranco.

O garoto que eu tinha golpeado olhou para mim enquanto passava a mão no queixo. Parecia ter a minha idade. Ombros largos. Corpo de jogador de futebol americano, cabelos escuros e olhos azuis, que pareciam brilhar mais e mais furiosos a cada segundo que passava. Dei um passo e ele se levantou na mesma hora, punhos para cima, posição de boxeador. Dei mais um passo, ele balanceou. Agarrei seu pulso e o joguei por sobre meus ombros.

— Alguém pode vir dar uma mão? — gritou ele, levantando do chão com dificuldade.

— Ele gostaria que você parasse de bater nele. — A voz era de outro garoto, grossa, com sotaque que reconheci de alguns meses atrás em Nova Jersey. Olhei na direção e vi outro adolescente sentado num caixote, com um livro na mão. Muito magro. De óculos. Cabelos castanho-claros e ondulados sobre a testa. Ele tirou os olhos do livro e me fitou.

— Por favor.

O outro garoto falou:

— Muito obrigado mesmo.

Virei-me. O esportista vinha na minha direção, devagar, cauteloso.

— Escuta — disse ele. — Seja lá o que você está pensando...

Mais um passo e invadiu meu espaço. E outro murro o derrubou no chão.

Ele olhou para o Quatro-olhos.

— Por acaso vai morrer se me ajudar?

Quatro-olhos me observou de cima a baixo.

— Talvez — disse, fechando o livro, mas sem menção de se mover. — Com certeza, ela acha que nós a trouxemos aqui, o que faz sentido, depois de ver você debruçado sobre ela. Primeiro, porém, preciso chamar a atenção para o fato de que somos um pouco jovens demais para estarmos no mercado de noivas caipiras. Em segundo lugar, se a gente tivesse mesmo feito isso, teríamos nos precavido e a amarrado antes de acordá-la. Em terceiro lugar, se procurar pela saída, vai notar que somos tão prisioneiros quanto ela.

Olhei em volta. Era um único ambiente com apenas cobertores e caixotes. Nenhuma janela. Apenas uma porta. Fui até ela e dei um puxão. Estava trancada com ferrolho... por fora. Pude sentir que havia pelo menos uma pessoa cuidando da saída.

Voltei-me novamente para os garotos. O que estava com o livro se levantou.

— Neil Walsh — apresentou-se. — Este é Chad. Ainda não chegamos à fase dos sobrenomes. Imagino que seja uma vampira, certo?

Por alguns segundos, olhei-o chocada e então ensaiei uma risada.

— Como?

— Vampira. De nascença, pelo menos. Se não, está no lugar errado. Este grupo, aparentemente, é só de vampiros hereditários. Vampiros hereditários *criados geneticamente*. Cobaias de laboratório. Ou melhor, cobaias fugidas de laboratório.

Se meu coração ainda batesse estaria a mil.

— Eu não sei do que está falando.

— Dá um tempo — disse Chad. — Você vai...

Neil ergueu a mão e Chad se calou. Então falou:

— Talvez seja verdade. Nós sabíamos o que éramos. Talvez ela não saiba. — Ele olhou para mim. — Se for o caso, então ignore tudo o que acabei de dizer.

— Ah, isso vai funcionar — disse Chad, dando outro passo na minha direção. — Sinto muito se isso é novidade para você, mas por mais louco que possa parecer, é a verdade. Somos parte de um experimento científico. Alguém... quem sabe seus pais, como os meus e os do Neil... tirou você disso. Os caras que nos sequestraram são caçadores de recompensa. Minha suspeita é a de que nossas famílias confiaram em alguém em quem não deveriam, alguém corrupto. Esses caçadores de recompensa querem levar a gente de volta para os cientistas. O Edison Group.

Lutei para manter uma expressão neutra, mas um brilho de medo deve ter reluzido em meus olhos quando Chad disse aquele nome, porque atrás dele, Neil fez que sim com a cabeça. Chad apenas me olhava à espera de uma reação.

— Tudo bem... — disse finalmente. — Então... vampiros...

— Não somos vampiros *de verdade* — explicou Chad. — Claro que não estamos por aí sugando sangue dos outros e nos escondendo durante o dia.

— Vampiros de verdade não são alérgicos à luz do sol — disse Neil. — O livro diz...

— Que se dane o livro. O que importa é que não somos vampiros. Ainda não. Não por um bom tempo, espero.

Continuei impassível, torcendo para não me entregar.

— Tudo bem, é muita coisa para assimilar — comentou Chad. — E você deve estar achando que nós escapamos do hospício, mas o mais importante é que estamos presos e lá fora há outros como nós correndo perigo. Dois outros conseguiram escapar. Precisamos sair daqui, encontrá-los e alertá-los.

Concordei com a cabeça, não me atrevi a fazer mais nada.

— Você está machucada.

Neil olhava para as minhas pernas. Olhei para baixo. Meu jeans tinha enormes furos por onde os ossos haviam saltado.

Sentei-me rapidamente e fingi examinar a pele.

— Só rasgos, deve ter sido quando corria pela floresta. Foi assim que me pegaram... me empurraram para fora da estrada no carro.

Quando ergui a cabeça, quase me choquei com a de Neil. Ele estava curvado olhando as minhas pernas pelos buracos da calça. A carne ainda estava com furos e a pele enrugada, com cicatrizes.

— Acidente antigo — menti.

Ele olhou para a outra perna, com as mesmas cicatrizes circulares bem debaixo dos rasgos. Então me encarou. Mantive a expressão do rosto impassível, mas deu para notar que ele sabia, e senti uma dormência estranha no peito, como se o coração estivesse tentando bater.

Neil fez um movimento positivo com a cabeça e se endireitou.

— Contanto que você esteja bem.

— Ela *não* está bem — retrucou Chad. — Ela é uma prisioneira que está prestes a ser entregue a cientistas malucos. Assim como nós. Assim como os outros adolescentes. — Ele olhou para mim. — Você faz alguma ideia de quem sejam eles?

Fiz que não com a cabeça.

Ele prosseguiu:

— Talvez você não soubesse mesmo dos experimentos, mas deve ter ouvido falar. Está fugindo, não está? Como a gente? Seus pais falaram de outros garotos? Quem sabe você fez uma visita a eles e seus pais disseram que eram amigos das antigas?

— Não, sinto muito.

Ele bufou, as bochechas infladas.

— Tudo bem, pense nisso enquanto bolamos um plano de fuga. Mas não peça opinião a *ele* — disse, fazendo um aceno desdenhoso na direção de Neil, que já havia saído de cima do caixote. — Ele não está interessado em escapar.

— Claro que estou — protestou Neil. — Mas pelo que vejo estamos temporariamente sem opções. Não tem janela. Uma porta trancada. E suspeito que os homens que trouxeram a gente aqui estejam lá fora.

— Estão — respondi sem pensar. — Quero dizer, ouvi alguém lá fora. Ou acho que ouvi.

Mais uma vez Chad caiu na conversa. Neil, não, estudando-me com olhar inquisitivo.

— Volte para o seu livro de vampiros — disse Chad. — A gente te acorda quando estiver de saída.

— Livro de vampiros? — perguntei.

— É o diário de um vampiro — respondeu Neil. — Meus pais me contaram o que eu era só no ano passado. Eles são vampiros hereditários, mas não sabem muito sobre nossa condição. Famílias inteiras levam esse gene, mas na maioria dos casos, como o dos meus pais, o gene é recessivo.

— Fascinante — debochou Chad, bocejando.

Neil tinha os olhos fixos em mim, como se esperasse por minha permissão para continuar. Consenti com a cabeça, e ele voltou a falar.

— Quando digo recessivo, quero dizer que ao morrerem não vão retornar como vampiros. Mas podem passar essa habilidade para os filhos. Como os dois carregam o gene, eles temiam que se tivessem filhos, ele pudesse desenvolver isso e se tornar um vampiro de verdade. Meus pais foram orientados a procurar o Edison Group, e lá prometeram que com modificação genética podiam garantir que isso não aconteceria. Mentiram.

— Eles fizeram de tudo para que isso *acontecesse* — completei o raciocínio. — E fizeram outras modificações também.

— É bem provável. Meus pais abandonaram o experimento assim que descobriram a verdade. Não participaram da experiência tempo suficiente para descobrir exatamente o que me aguardava se eu... — Neil fez uma pausa e inclinou a cabeça para cima. — *Quando* eu virasse um vampiro. Quando os caçadores de vampiros perceberam o pouco que sei sobre o assunto, me deram isso — Ele ergueu o velho livro.

— Muito amável da parte deles.

Ele deu um sorriso de lado.

— Eles querem me assustar. Mostrar o futuro horrível que me aguarda, enquanto me prometem que, apesar do que os meus pais me disseram, o Edison Group não é realmente do mal. Que podem ajudar.

— Você não me parece muito assustado.

Ele deu de ombros.

— Conhecimento é poder. Quero saber exatamente o que está em jogo. E se tiver sorte talvez haja algo aqui que possa nos ajudar. Alguma habilidade que não estejam esperando.

— Bem, vá em frente e leia isso — retrucou Chad. — Enquanto isso, vou é tentar...

Ele se calou e se aproximou de mim.

— Tem uma lasca gigante saindo do seu ombro — disse. — Mas não tem sangue. Estranho.

Droga! Devia ser o que sobrou do galho. Devia ter checado com mais atenção. Virei de frente para Chad, e Neil veio rapidamente para trás de mim e disse:

— É o ângulo. Não atingiu nenhuma veia. Vem cá que tiro para você.

Hesitei, mas acabei concordando.

— Podemos saber o seu nome? — perguntou Neil enquanto me tirava do ângulo de visão de Chad e retorcia a lasca.

— Katiana. Mas todo mundo me chama de Kat.

— Katiana. Humm. Russo?

Respondi que sim. Não fazia ideia e sabia que Neil não estava interessado, perguntava somente para distrair Chad, e fiquei grata por isso.

— Obrigada — disse depois que ele extraiu a lasca.

Neil concordou com a cabeça. Tinha a lasca guardada na palma da mão e fez um movimento de guardá-la no bolso. E então dedos tocaram minhas costas novamente.

— Ei! — protestei.

Chad se afastou e mostrou os dedos limpos.

— Não tem sangue — disse, me encarando com olhar cada vez mais severo. — Não tem *sangue*.

Ele me agarrou pelo braço tão rápido que fui pega de surpresa. Neil tentou detê-lo, mas Chad me fez perder o equilíbrio. Seus dedos me agarraram pelo pescoço. Antes que tivesse tempo de me desvencilhar, ele me deu um empurrão.

— Ela é uma vampira — disse, olhando-me como se eu tivesse acabado de sair de uma cripta.

— Jura? — debochou Neil. — É por isso que ela está aqui.

— Sabe o que quero dizer. Ela é uma vampira de verdade. Transformada. *Morta*.

— Como nós seremos um dia — respondeu Neil. — E se está se perguntando por que ela não contou antes, sua reação é a resposta.

— Como diabos pode estar tão calmo? Ela é uma *vampira*!

— Mesmo correndo o risco de me repetir, você também. Ela só está há um pouco mais de tempo no processo — respondeu Neil, me fitando. — Não acabou de acontecer, não é? No acidente de carro?

Balancei a cabeça negativamente:

— Foi há seis meses. O Edison Group nos achou. Eles me deram um tiro, aparentemente suspeitando que tudo daria certo independente do que acontecesse. Ou eu renasceria como vampira, o que provaria o sucesso da experiência, ou morreria, e eles teriam um fugitivo a menos com que se preocupar. Mas não conseguiram a resposta. Acharam que fui cremada acidentalmente e pararam de me procurar.

— Se os caçadores de recompensa ainda estão reunindo as cobaias, não avisaram ao pessoal do Edison Group. O que pode significar que não se deram conta de que você já foi transformada. Devemos fazer com que continuem achando isso. Será vantajoso...

O ferrolho girou num ruído seco e abrupto. A porta abriu um centímetro, e o cano de uma arma apareceu. Um homem disse qualquer coisa. Não ouvi. Só conseguia olhar para a arma e me lembrar da última vez que havia visto uma, da explosão, da bala atingindo meu peito...

Neil me pegou pelo cotovelo:

— Faça o que estão mandando — sussurrou.

Chad estava na parede mais afastada, com o rosto de frente para ela e mãos para cima. Fizemos o mesmo.

— Espalhem-se mais — mandou o homem. — Mãos para trás. Quem se mexer vai testar se pode mesmo voltar do além.

Um segundo homem deu risada.

Pus as mãos para trás. Eles nos amarraram e depois nos mandaram sair. Consegui ver de relance um dos sequestradores. Não havia muito para ver — só um cara com máscara de Halloween. Drácula. Deviam achar que isso era engraçado.

Levaram a gente para um furgão. As portas de trás estavam abertas, e o interior estava vazio, com exceção de uma garrafa de água e cobertores velhos. Sem uma palavra, nos colocaram lá dentro e bateram as portas.

Só havia uma janela — um quadrado encardido na porta de trás do veículo. Deixava entrar luz suficiente para que a gente conseguisse enxergar um ao outro. Não que estivéssemos muito sociáveis nesse momento. Chad estava sentado num canto com os joelhos para cima. Neil, no canto oposto, apoiado na parede do carro, olhando para o nada, perdido em seus pensamentos. Nenhum dos dois havia trocado uma palavra comigo desde a entrada no furgão.

Senti o peso daquele silêncio. Esperava isso de Chad. Neil parecia ser diferente, mas acho que fazia mais sentido conversar na cabana. Ele sabia que não corria perigo comigo, porque um dia também seria um vampiro. Agora, em meio ao silêncio, as emoções vieram à tona e ele não queria papo comigo.

— Desculpa.

A voz de Chad em meu ouvido me fez dar um pulo. Eu me virei e o vi ao meu lado.

— Fui um idiota — disse. — Desculpa. É que... fui pego desprevenido.

— Tudo bem.

— Não está tudo bem, mas obrigado.

Ele sorriu, um sorriso preguiçoso, que se eu tivesse visto seis meses atrás, meu coração teria disparado. Mas agora eu só conseguia pensar em como ele tinha um cheiro gostoso. De jantar.

Desviei os olhos.

— Consegui — comemorou Neil, fazendo eu e Chad saltarmos de susto.

Neil ergueu os braços. A corda caiu. Ele franziu a testa olhando os pulsos machucados. Sangue salpicou de um deles. Pude sentir o cheiro.

— Que bom — disse Chad, rancoroso. — Agora, pode soltar a gente também?

— Era esse o plano.

Enquanto ele nos soltava, prendi a respiração. Ainda salivava com a lembrança do cheiro de sangue da ferida no pulso. Não dava para evitar. Mas aquilo me deu uma ideia. De fuga.

Contei aos rapazes. Chad adorou. Neil não. Perguntamos se ele tinha uma alternativa, mas como não encontrou nenhuma, concordou.

O furgão deu uma freada brusca e barulhenta, derrapando por uma estrada de terra, pouco depois que Chad esmurrou a parede do veículo e gritou por socorro. Parou abruptamente. A porta do carona abriu e fechou com força. Chad ficou quieto, deitado no piso do furgão, e eu agachada sobre ele, a boca rente ao seu pescoço.

Dava para ouvir o sangue pulsando nas veias de Chad. Ouvir, sentir, ver; seu pulso batia com força, o sangue corria tão perto da pele que eu conseguia sentir o cheiro. Meus caninos cresceram. Apertei-os para dentro e comecei a tremer, fechando os olhos para me concentrar e conseguir diminui-los. Mas então desisti. Não era essa a ideia? Caninos e tudo mais?

Então fiquei ali, curvada sobre o pescoço de Chad, caninos pressionados no lábio inferior, e tentei olhar para ele, conseguir vê-lo como o veria seis meses antes, notar seus cílios escuros longos tocarem seu rosto, a barba sexy por fazer, os lábios carnudos... mas só conseguia ver o sangue pulsar por sob sua pele, tão perto que dava para sentir o gosto. Meu Deus, juro que dava para sentir o gosto.

Vi um movimento a minha esquerda. Fitei Neil, deitado ao lado de Chad, o sangue do pulso besuntava seu pescoço. Ele me olhava. Sem expressão. Apenas olhava.

Fiz cara feia para ele e sussurrei:

— Olhos fechados!

Neil os fechou na mesma hora em que um dos nossos sequestradores limpou a janela imunda, tentou enxergar dentro do furgão e avistou-me agachada sobre Chad.

— Ei!— gritou o caçador de recompensa. — Ron!

Ele escancarou a porta e eu me pus de pé, com os caninos à mostra, grunhindo. O homem ficou petrificado, olhos arregalados, arma apontada para baixo, como se tivesse esquecido que estava usando uma. Investi contra ele. Ele deixou a arma cair e tombou para trás, com as mãos para cima tentando proteger o pescoço.

Saltei para cima dele e o empurrei ainda mais para trás. O motorista gritou enquanto ele corria para socorrer o comparsa. Chad pulou do furgão e nocauteou o homem. Neil saltou do veículo, ficando atrás dos dois.

Derrubei minha presa contra o chão. *Presa*. Era o que esse homem era naquele momento. Não pensei no que deveria fazer em seguida. Prendi-o contra o chão e o mordi.

Meus dentes o penetraram como agulhas em seda. Sangue quente encheu minha boca. E o gosto. Ai, Deus, o gosto. Era inacreditável.

Se ele relutou, não reparei. Não reparei em nada até que aquele primeiro gole de sangue desceu pela minha garganta, e então a neblina vermelha de êxtase clareou e ouvi Chad lutando com o outro homem. Meu alvo estava desmaiado. O sedativo em minha saliva de vampiro havia feito o serviço.

Ergui a cabeça. Isso demandou certo esforço. Muito esforço, como ter que me afastar do sol num dia superfrio. Fechei os olhos e passei a língua pelos caninos. Haviam se retraído. Não fiquei de pé. Não consegui. Apenas olhava o sangue gotejar do pescoço do homem.

— Precisa fechá-la — disse uma voz baixa ao meu lado.

Eu me virei. Neil estava ao meu lado.

— O livro diz que precisa fechar a ferida com...

— Eu sei — retruquei mais rispidamente do que gostaria.

Virei de novo, tapando a visão de Neil, me agachei e lambi a ferida. Os furos se fecharam. O sangramento parou. Ainda sentia o gosto do sangue, tão delicioso que fez o céu da boca doer.

— Katiana? — disse suavemente a mesma voz como se não quisesse me incomodar.

Endireitei-me, grunhindo.

— Estou bem.

Ainda de costas para ele, engoli. Passei uma das mãos pelo rosto, estiquei os ombros para trás e me virei para ele.

Chad estava de joelhos ao lado do outro homem desacordado.

— Que bom — disse aos dois. — Agora precisamos...

Neil mostrou as cordas com que haviam nos atado.

— Tudo bem. Vamos fazer logo isso.

Rapidamente nossos sequestradores estavam atados um ao outro e ainda desacordados. Olhando-os sem máscaras, soube que nunca os tinha visto antes. Só dois caras com 20 e poucos anos, ambos de cabelos escuros e ombros largos. Claramente, havia semelhança entre os dois. Irmãos ou primos, com certeza.

Estavam incapacitados, no entanto, e tínhamos o furgão e as chaves. Nosso próximo passo então deveria ter sido o óbvio. Teria sido, se pelo menos um de nós soubesse dirigir carro com troca de marchas. Bem que tentamos, mas ninguém ali dirigia há mais do que alguns meses. Simplesmente não tínhamos habilidade para lidar com o problema.

Nossos sequestradores também não tinham celular. Um deles tinha um rádio, e isso significava que não estavam trabalhando sozinhos, e certamente não iríamos deixar que os parceiros soubessem que havíamos escapado.

Só havia uma opção. Caminhar.

Antes, Neil voltou e pegou a arma. Só havia uma, e quando Neil a trouxe, Chad ergueu a mão.

— Sabe atirar? — perguntou Neil.

— Melhor do que você.

Neil ergueu a arma e atirou em cada uma das rodas do furgão. Chad fez uma careta, saiu andando e então fez sinal para que a gente o seguisse.

O veículo havia parado no que parecia ser uma antiga estrada de terra usada para transportar troncos de árvores. Antes havíamos passado por uma estrada pavimentada. E a encontramos rapidamente. Mas somente depois de dez minutos ouvimos o som de um carro. Ainda assim não conseguimos vê-lo. Estávamos numa estrada densamente arborizada que atravessava as colinas de Vermont. Ou pelo menos achava que ainda era Vermont.

Ao escutarmos o carro, Neil sugeriu que saíssemos da estrada, assim, caso o veículo viesse em alta velocidade, não seríamos jogados pelos ares como garrafas de boliche. Ficamos na lateral da pista, prontos para fazer sinal.

Quando o carro se aproximava, Chad disse:

— Talvez não seja boa ideia.

Olhei para ele.

— Aqueles caras não tinham um rádio? Isso significa que eles estão trabalhando com mais gente. Talvez tenham combinado de se encontrar. Ou quem sabe os dois caras já escaparam e pediram socorro. Mesmo que sejam outras pessoas, acham mesmo que vão parar para a gente? Ou vão chamar a polícia? — perguntou. Como não respondemos nada, ele deu de ombros. — Tudo bem, foi só uma hipótese que levantei.

— O que sugere? — perguntou Neil.

— Meus pais estão na Pensilvânia, os seus em Nova Jersey. Mas os da Kat estão próximos, certo?

— Minha guardiã está — respondi, tentando não pensar em Marguerite e em como devia estar preocupada. Sabia que devia estar me procurando. Desejei apenas que ela estivesse a salvo.

— Então proponho sair da estrada e caminhar até chegar numa cidade e ligar para a guardiã da Kat.

Todos concordamos e seguimos adiante pela floresta antes do carro nos alcançar. Era uma mãe com duas crianças em cadeirinhas. Nenhum possível sequestrador, mas também provavelmente alguém que não pararia.

— E você e sua guardiã... — disse Chad. — Estavam viajando para algum lugar? Foi o que os ouvi dizer quando pegaram o Neil. Eles mandaram alguém até Quebec atrás de você, mas aí o contato deles disse que você tinha vindo para estas bandas. Eles a encontraram e a seguiram.

Neil acrescentou:

— E pelo visto continuaram seguindo você até o furgão a interceptar depois de me sequestrar.

— Vocês estavam viajando? — insistiu Chad, ignorando Neil.

— Íamos nos encontrar com os outros em Nova York — respondi.

— Outros?

— Vampiros — disse, após um momento. Esperei a reação dele, mas ele agora parecia desinteressado, como se tivesse superado sua primeira resposta histérica.

213

— E sua guardiã conhece os caras da experiência? Talvez as outras cobaias que escaparam estejam indo para lá — sorriu. — Isso facilitaria as coisas.

Fiz que não.

— Nós nem sabíamos que outros haviam deixado a experiência. Fui tirada de lá quando tinha 5 anos.

— Mas, sua guardiã, ela fazia parte, certo?

— Não. Ela é... ela é uma vampira. Um grupo de sobrenaturais estava preocupado com o que o Edison Group estava fazendo. Monitoravam secretamente as experiências. Ela ficou responsável por mim. Quando viu como estavam me tratando, me levou embora.

— Ela *abduziu* você?

— Não foi bem assim — respondi, minha voz um pouco zangada. Era hora de mudar de assunto. Virei para Neil, que caminhava calado ao meu lado. — Onde você aprendeu a atirar?

— Numa oficina de capacitação da cooperativa de uma delegacia. Eles davam aulas de tiro como forma de incentivo. Consigo apontar e atirar. Mas só isso.

— Mais do que eu — respondi, erguendo as mãos. — Muito maneiro. Então...

— Oficina com policiais? — interrompeu Chad. — O que fazia lá, consertava computadores?

— Deixa de ser babaca — interpelei-o.

— Não estou sendo. É uma pergunta séria. E aposto que acertei. Tem que admitir, ele faz bem o tipo.

— Que tipo seria esse? — perguntou Neil. — O tipo que sabe *soletrar* a palavra computador?

214

— Tudo bem, isto *não* é legal, gente — disse, levantando as mãos. — Vocês se divertem insultando um ao outro. Eu vou ficar por aqui.

Diminuí o passo e os deixei avançar. Eles continuaram andando, afastando-se. Neil olhou para trás, como se quisesse voltar para perto de mim, mas acabou ficando atrás de Chad e nós três formamos uma única linha. Ninguém falou nada por uns cinco minutos. E então Neil pigarreou.

— Acho que a gente devia se separar — disse ele. — Não temos ideia se a cidade mais próxima está uns 30 quilômetros daqui por esse caminho. Ou 8 voltando por onde viemos. Ou uns 2 pela estrada que acabamos de cruzar.

— Não acho... — comecei a falar.

Chad me cortou:

— Você tem razão. — Ele parou e olhou em volta. — Kat pode continuar por este caminho. Eu vou voltar. Você pode tomar a estrada secundária.

Fiz que não com a cabeça e disse:

— E o que faremos quando um de nós chegar numa cidade? Não temos como nos contatar.

Foi um argumento válido. Nenhum dos dois ouviu, então os fiz memorizarem o celular de Marguerite antes de partirem.

Enquanto praticamente me arrastava pela floresta, xingava Chad e Neil. Era impressão minha ou aquela havia sido a ideia mais idiota que tiveram?

No entanto, por mais zangada que estivesse, não consegui parar de pensar que a separação podia ter sido por minha culpa. Talvez devesse ter ficado calada enquanto se engalfinhavam. Claro, para isto teria sido necessária uma fita adesiva industrial. Havíamos acabado de escapar de caçadores de recompensa. Estávamos correndo — bem, na verdade, andando — para salvar nossas vidas. E acharam que ficar se insultando era uma boa maneira de passar o tempo?

Não, não ia conseguir ficar calada. Se isso fez com que se separassem, então foi uma desculpa realmente esfarrapada.

Talvez tenha sido isso mesmo. Uma desculpa. Não para se afastarem um do outro, mas de mim. Travar uma distância entre a sugadora de sangue antes que ela comece a ficar com fome.

Não tinha importância. Chegaria à cidade e ligaria para Marguerite, e se os rapazes estivessem incomodados em passar o tempo com vampiros, podiam pegar carona por conta própria. Nunca mais os veria. O que para mim estava tudo bem. Até porque não estava falando de novos melhores amigos ou coisa parecida.

Foi legal, no entanto, encontrar outros adolescentes da mesma experiência. Outros vampiros. Só que estes não eram vampiros. Não na prática. Mas acho que gostei de conhecer alguém que sabia pelo que eu estava passando, quem...

Senti alguém por perto. Muito perto. Virei-me e vi Neil correndo por entre as árvores. Ele ergueu as mãos, a arma ainda estava presa à sua cintura.

— Sou eu.

— Achou alguma coisa?

— Não. — Ele fez sinal para que eu o seguisse. — Vamos. Precisamos adentrar na floresta antes deles chegarem aqui.

— Eles estão vindo? — perguntei, enquanto o seguia. — Avisou o Chad? Precisamos...

— Precisamos ficar o mais longe possível de Chad, pois foi ele que ligou para eles.

Parei.

— Como?

Ele me pegou pelo cotovelo e me puxou para dentro da floresta.

— Ele é um infiltrado. Suspeitei desde o início, mas agora tenho certeza. Ele saiu para ligar para os homens. Por isso quis se separar.

Desvencilhei-me.

— Não, você quis se separar. Foi *sua* ideia.

— Foram meus pensamentos, para ser mais exato — disse uma voz atrás de nós.

Chad saltou de trás de uma moita em cima de Neil. Tentou agarrar a arma, mas só conseguiu alcançar o braço de Neil. A arma escapuliu e eu me joguei para pegá-la. Todos fizemos isto. Eu fui mais rápida e a agarrei. Então me afastei. Ambos ficaram imóveis.

Olhei para a arma nas mãos, uma, duas vezes, lembrando-me do tiro fatal. Mas desta vez a lembrança não passou de uma faísca de emoção.

— Quem sugeriu se separar? — disse Chad depois de uns segundos. — Se alguém aqui é infiltrado, só pode ser ele.

— Sugeri isso para desmascarar você — contestou Neil. — Se separar foi uma ideia idiota. Katiana sabia disso. Mas você aceitou na hora... porque foi a desculpa que você queria para ligar para os caçadores de recompensa.

— Ligar com o quê? — perguntou Chad, e então levantou os braços e se virou. — Pode me apalpar, Kat. Não tenho um telefone comigo.

— Porque o escondeu assim que me ouviu. Katiana, você sabe que ele não é um vampiro. Basta ver como ele reagiu a você. Ele não demonstrou nenhum interesse pelo livro. Nem demonstrou interesse pela sua vida ou pelo que você está passando. Isso não é reação que condiz com alguém que espera se tornar vampiro.

— Talvez porque eu esteja assustado, ok? — rebateu Chad. — Posso admitir isso? Ou tenho que ser completamente racional que nem você? Para mim, isso prova que *não é* um vampiro. Está dissimulando para que a gente ache que você está tranquilo com a ideia.

— Ele é o infiltrado, Katiana. Ele foi o primeiro a ser pego...

— O que seria uma ideia estúpida, se eu estivesse infiltrado. O inteligente seria que fosse o segundo a ser pego, para não levantar suspeitas. E quem disse que existe um infiltrado aqui? De onde tirou esta ideia? Que motivo os caçadores de recompensa teriam...

— Primeiro, para evitar exatamente essa situação... fugimos. Com um infiltrado entre nós, eles podem garantir que não vamos muito longe. Quem foi que sugeriu que a gente não aparecesse na frente de nenhum carro?

— Mas não sugeri de nos separarmos...

— Em segundo lugar, eles não sabem onde estão as outras cobaias. Acham que sabemos. Você demonstrou curiosidade pelos outros várias vezes, Chad. Precisamos encontrar todos eles. *Precisamos* encontrar todos eles. E, por falar nisso, por acaso sabemos onde estão?

— Chega — digo. — Neil me convenceu... que há um infiltrado. Faz sentido. A pergunta é: quem? — Dei um passo à frente, com a arma apontada para Chad. — Tem um jeito de descobrir se você é vampiro de verdade, certo?

— Epa! — exclamou Chad, andando para trás. — Vampiro ou não, eu não ia querer isso. Ora, é claro que é ele. Foi ele quem quis se separar.

Eu me virei para Neil. Ele empalideceu, o suor surgiu em suas têmporas.

— Tudo bem — disse Neil. — Eu preferiria não passar por isso, mas se é necessário, vá em frente. Só peço que me deixe virar de costas e que aponte para a base do meu crânio. É a forma mais rápida de matar alguém.

— Que diabo de aberração sabe esse tipo de coisa? — perguntou Chad. — Claro, deixa ele se virar... assim ele sai correndo o mais rápido que essas pernas esqueléticas conseguirem.

Neil se virou. Vi a lateral de seu pescoço pulsar com força, enquanto seu coração disparava. Ele sequer estremeceu. Ficou ali parado, esperando. Era preciso ter coragem para isso. Coragem demais.

Voltei a mirar a arma para Chad. Ele se jogou em mim. Eu poderia ter atirado nele. Mas não faria isso, não enquanto tivesse uma outra opção. Então deixei a arma cair, peguei-o pelo pulso e o joguei longe.

Antes que pudesse prendê-lo no chão, ele se reergueu e me lançou uma cotovelada no queixo que me fez voar e tombar no chão. Precisei de um segundo para me recuperar. Quando isso ocorreu, ouvi um grunhido e um soco e ao me virar vi que Chad estava com a arma e com Neil, segurando-o como se fosse seu escudo, com um dos braços ao redor do pescoço e a arma apontada para a lateral do crânio. Os óculos de Neil sumiram, perdidos durante a briga.

— Levando em consideração que acabei de *concordar* em levar um tiro, essa não é uma posição de vantagem para você — disse Neil.

— Cala a boca, aberração.

— Pare de me chamar assim ou vou acabar me ofendendo.

A voz de Neil era estável, até curiosamente animada, mas o suor continuava escorrendo do rosto e pude ver aquela veia pulsando em seu pescoço.

— Solta ele — mandei.

— Ou o quê? Você vai me morder? Vai se alimentar de mim? — perguntou Chad, seu lábios curvando numa expressão de nojo que esclareceu minha dúvida melhor do que qualquer teste que pudesse fazer com ele.

— Você não é vampiro — disse.

— Não, graças a Deus.

— Mas você faz parte da experiência, aposto — comentou Neil. — Tem a idade certa, e esse seria o jeito mais óbvio de você saber sobre o assunto. O que é você?

— Metade-demônio.

— Sinto muito.

Chad apertou ainda mais o pescoço de Neil.

— Acha que ia querer ser um sanguessuga? Parasitas malditos, deviam ter sido dizimados séculos atrás.

— Não quis dizer isso. Expressei minhas condolências pelo fato de você ser uma experiência fracassada. Pela sua falta de poderes.

Os olhos de Chad soltaram labaredas.

— Tenho poderes, espertinhos. Querem ver?

Ele fechou os olhos e o rosto ficou tenso enquanto se concentrava. Joguei-me nele. Consegui arrancar a arma da mão de Chad e libertar Neil. A arma sumiu entre as moitas. Eu e Chad caímos no chão. Ele me agarrou pelos ombros. Senti suas mãos ultrapassarem minha camisa, se aquecerem e senti cheiro de tecido chamuscado. Mas foi só isso. Era todo seu poder? Meio triste.

Chad me atirou para longe. Quando voltou, eu o chutei e ele saiu voando. Em seguida, fiquei de pé. Cercamos um ao outro. Olhou rapidamente para Neil, que ainda não havia se movido.

— Vai deixar uma menina comprar sua briga? — perguntou Chad com sarcasmo.

— Ela parece ter a situação sob controle.

— Covarde.

Neil deu de ombros.

Chad tentou me dar um soco. Peguei seu braço e o girei. Ele se desvencilhou e voltou a me atacar. Eu o chutei e o arremessei contra uma árvore. Ele cambaleou, sacudindo a cabeça como se estivesse tonto, e então veio para cima de mim. Saí do caminho, mas ele me pegou pelo braço e me fez perder o equilíbrio. Agora foi a minha vez de encontrar a árvore.

— Precisa de ajuda? — perguntou Neil quando me recuperei.

— Não — respondi.

Chad e eu lutamos mais alguns rounds. Eu tinha a vantagem de ser mais experiente... sou faixa preta em *aikido* e marrom em caratê, por insistência de Marguerite como treinamento de autodefesa. Ele tinha tamanho e aparentava ter também uma dose generosa de experiência com brigas reais, coisa que me faltava.

Eu estava com uma pequena vantagem, mas não o suficiente para uma briga fácil e rápida. Já estávamos nessa havia cerca de cinco minutos — que mais parecem cinquenta quando e você que está brigando — quando Chad me jogou no chão com força. Fiquei deitada, sem fôlego.

Ouvi um grunhido atrás de mim e levantei com um pulo, achando que ele ia atrás de Neil, e vi Chad com o rosto no chão e um dos joelhos de Neil sobre as costas de Chad, que tinha os braços presos para trás.

Chad tentou se esquivar, mas Neil torceu seus braços até Chad ser aquele que tinha gotas de suor escorrendo pelo rosto. Ele não reagiu com o mesmo estoicismo de Neil. Gemeu e bufou, enquanto Neil torcia ainda mais seus braços. Finalmente, Chad desistiu de reagir.

— Desconfio que você não vai fazer a gentileza de nos contar algo de útil — disse Neil.

Chad respondeu com uma enxurrada de palavrões.

Neil olhou para mim:

— Isso foi um não?

— Claro.

— Acha que vamos arrancar alguma coisa dele?

— Nada de útil — respondi. — Acho que dá para tentar adivinhar a história. Os caras que nos sequestraram são parentes. E se parecem com Chad. Mesmo biótipo. Mesma cor de pele. Sabem das experiências, porque ele foi uma das cobaias. Devem ter descoberto nosso paradeiro, provavelmente, como ele mesmo disse, de alguém com quem seus pais e a minha guardiã têm contato. Em vez de repassar a informação para o Edison Group, acharam que podiam descolar uma grana sequestrando a gente. Mas como não sabem todos os nomes da lista, recrutaram o Junior aqui para bancar o refém, na esperança de conseguir esses nomes. — Agachei-me perto de Chad e concluí — Acertei?

223

— Vai para o inferno!

Eu me virei para Neil.

— Podemos perguntar se já entrou em contato com seus cúmplices, mas vai responder que sim de qualquer jeito, só para assustar a gente, torcendo para que a gente o deixe para trás e fuja.

— Tem razão, não tem nada que a gente possa descobrir por ele — disse Neil, recuando alguns centímetros e fazendo Chad se contorcer. — Posso dar um nocaute nele, mas seu método parece ser mais seguro.

Chad tentou reagir novamente. Só piorou as coisas para o seu lado. Começou a gritar quando a pressão nos seus braços aumentou. Bastou uma rápida mordida em seu pescoço e parou de gritar.

Mas desta vez, no entanto, me forcei a parar assim que enchi a boca de sangue.

— Você está com fome — disse Neil, quando me afastei do inconsciente Chad. — Devia beber mais. Se o livro estiver certo, ele só vai acordar fraco, como se tivesse doado sangue. E ele bem que merece. E não faz sentido recusar uma refeição gratuita.

Quantas vezes enchi o saco da Marguerite por desperdiçar uma oportunidade de comer? Ou lhe dei uma bronca por tentar esconder sua presa de mim? Revirava os olhos e lhe dizia que estava sendo ridícula. Ela precisava comer, e eu entendia. Só precisava pensar que aquele sangue era doado para salvar uma vida — a vida de Marguerite.

Fácil dizer quando se está do outro lado. Mas agora, agachada sobre um garoto inconsciente, mesmo sendo um imbecil como Chad, enquanto outro garoto me olhava, um garoto que não era um imbecil, mas talvez alguém que gostaria de impressionar...

— Estou bem — disse, e me levantei.

— Katiana...

— Não me alimento assim. O que como vem do banco de sangue.

Ele franziu a testa.

— O diário diz que vampiros precisam de sangue fresco...

— Minha guardiã ainda não quer que eu cace.

— Tudo bem, mas você não o caçou, então... Quero dizer, se não quiser, tudo bem. Mas um pouco antes parecia que você queria, *e muito* — afirmou, corando.

— Desculpe. Vou calar a boca agora.

Ele se ajoelhou ao lado de Chad e começou a apalpá-lo à procura de um celular. Neil tinha razão. Chad bem que merecia acordar se sentindo péssimo. Era isso o que eu queria, certo? Não apenas dar um golinho, como fiz com o outro cara, mas ter uma refeição completa vinda direto da fonte, e ver se faria alguma diferença. Ver se o entusiasmo diminuiria.

Mas não podia fazer isso. Não sei se era a ideia de me alimentar de uma pessoa que conhecia ou de fazer isso na frente do Neil. Eu queria — ai, Deus, como queria —, mas não podia.

Olhei Neil e ele segurava os óculos. Pareciam ter sido vítimas da minha briga com Chad, esmagados por alguma pisada.

— Sabia que deveria ter colocado lentes ontem — disse ele, tentando sorrir.

Passou as mãos pelos cabelos, tirando-os da frente do rosto, enquanto piscava muito e espremia os olhos. Sem os óculos, Neil não se tornou exatamente um deus grego. Apenas parecia um pouco menos com alguém que deveria estar na frente de um computador e um pouco mais com alguém capaz de dar um murro em outra pessoa e prendê-la contra o chão. Mas, definitivamente, ele estava fofo — com ou sem os óculos.

Afasto o pensamento. Definitivamente, não é hora para isso.

— Consegue enxergar? — perguntei.

— Bem o bastante. — Jogou os óculos longe, recuperou a arma e a estendeu para mim. — Talvez prefira assumir o controle disso aqui.

— Ainda consegue atirar?

Ele deu de ombros.

— Consigo, mas...

— Consegue evitar apontar para pessoas de cabelos castanhos, jeans, jaqueta brim e... — olhei meus pés — tênis branco sujo?

Ele deu um autêntico sorriso.

— Consigo.

— Então fica com a arma. Pois eu não faço ideia de como usar isso. Precisamos descobrir se Chad escondeu mesmo um celular. É um longo caminho, mas temos que voltar para a estrada mesmo assim. Talvez a gente consiga rastrear suas pegadas.

Conseguimos. E não foi difícil. Chad não era o que se pode chamar de homem das montanhas e não foi preciso experiência de rastreador para encontrar suas pisadas pela vegetação rasteira. Encontrei um desvio em que ele tinha entrado mais pela mata, então retornei, e no fim do trecho, sob uma moita, achei o celular.

— Acha que preciso fazer alguma coisa antes de usar? — perguntei a Neil. — Talvez um GPS que precisa ser desabilitado?

— Minhas habilidades técnicas são limitadas a ligar os aparatos e usá-los. Em outras palavras, estou na escala zero dos *geeks*.

Olhei-o de relance.

— Não foi uma observação, foi uma pergunta.

— Minha resposta parece defensiva?

— Um pouco.

Ele deu um sorriso desanimado.

— Desculpe.

Liguei o celular e esperei para ver se alguma coisa acontecia. Então chequei as ligações dadas. A última tinha sido feita havia 20 minutos. Droga.

Antes de ligar para Marguerite, precisava ter uma noção de onde estava. Neil disse ter visto algo que parecia uma placa do outro lado da estrada que ele iria pegar. Encontramos uma trilha que ia mais ou menos na direção que precisávamos tomar. Quando encontramos a placa, que indicava uma cidade a uns 3 quilômetros dali, liguei para o celular de Marguerite. Ao segundo toque ela atendeu com um cauteloso *"Allo?"*.

— Ainda sente minha falta? — disse.

— Katiana! Onde você está? O que aconteceu? Você está bem? Está machucada? Eles ligaram, a polícia, para falar do carro. O acidente. Disse que o carro foi roubado, mas procurei você por toda parte, liguei para todo mundo...

— Estou bem. Só fui sequestrada por uns caçadores de recompensa que estavam juntando vampiros fugidos da experiência.

Uma pausa e então:

— Isso não é engraçado, Kat.

— Acha que estou brincando? Quem me dera. Estou com um outro garoto que eles pegaram. Neil... — tentei lembrar do sobrenome — Walsh. Neil Walsh.

— Na verdade, é Waller — esclareceu Neil. — Walsh é o nome que meus pais estavam usando desde que saíram da experiência.

Marguerite ouviu a resposta e disse que, sim, lembrava-se de um Neil. Ela alertou para que não ligássemos para os pais dele com aquele celular. Se pertencesse a Chad, os sequestradores conseguiriam checar na conta do telefone as chamadas discadas recentemente. Eu não havia pensado nisso. Neil concordou. Iríamos para a cidade e ficaríamos escondidos até que ela viesse nos buscar. E então Neil poderia ligar para os pais de um telefone público.

Enquanto caminhávamos, Neil ficou mexendo na arma, olhando-a e checando a munição.

— Se aqueles caras encontrarem a gente, provavelmente vamos precisar usar isso.

— Desculpa pelo que fiz mais cedo — disse. — Com o Chad. Nunca teria atirado em você.

— Você precisava ver qual seria nossa reação. Embora não esteja ansioso para me transformar, prefiro isso a ter que voltar para o Edison Group. Meus pais me contaram... coisas. — Ele se calou de repente e olhou para a arma, perdendo-se em seus pensamentos. E então a guardou na mão. — É caso de polícia.

— Isso é um problema?

— Um pouco, porque pode significar que estamos lidando com pessoas que sabem atirar muito melhor do que eu.

— Vai ficar tudo bem. Pode usar suas habilidades de assassino *aikido* se for preciso. Por falar nisso... essa deve ser uma atividade popular entre policiais, mas duvido que tenha aprendido num curso da cooperativa deles. Qual é a sua faixa?

— Preta.

Tive que insistir para ele me dar mais detalhes, e depois de algumas perguntas evasivas sobre terminologias não convencionais ele admitiu que estava no quarto degrau.

— Sério? Acabo de passar para o terceiro. Droga.

— Foi mal.

Caí na risada.

— Foi por isso que não quis me contar? Acha mesmo que eu ficaria com raiva porque você está um degrau acima de mim? É mais um estímulo para mim. Não posso deixar um cara me ganhar.

Sorri e quando fiz isso ele me deu um olhar desses... não sei. Ficou me encarando. Então desviou os olhos rapidamente e corou.

— Alguma outra arte marcial? — perguntei enquanto caminhávamos.

— Só essa. Não faço o tipo atlético, mas gosto de almoçar.

— Quê?

— Quando estava na quarta série, eu e meus pais nos mudamos para uma cidade onde vivia esse garoto bem mais alto que eu. Ele decidiu que o dinheiro que eu tinha para comprar meu almoço seria uma boa forma de incrementar sua renda.

— E você precisava encontrar uma forma de manter a sua.

— É, mas sempre preferi usar o cérebro a ter que usar a força e então pensei que conseguiria passar a perna nele trazendo comida de casa. Mesmo assim ele pegava meu almoço. Virei vegetariano. Ele continuou a pegar minha comida... e jogá-la na lixeira. Então, ou me humilhava diariamente pegando minha comida na lixeira, ou aprendia alguma forma de autodefesa. Fiz uma pesquisa. *Aikido* me pareceu uma boa escolha para o que eu queria e, como você disse, é popular com os homens da lei, o que é um bônus.

— É isso que você quer ser? Policial?

Ele me observou como se tentasse descobrir se o estava sacaneando. Isso estava ficando chato. Quando ele percebeu que não, disse:

— Detetive. Sou bom nisso... em solucionar problemas.

Perguntou sobre a reunião em Nova York, com cautela, como se não quisesse ser intrometido. Expliquei e disse que ele deveria falar com os pais e chamá-los para participar. Ele podia até não ser um vampiro ainda, mas se não tinham certeza do que o aguardava no futuro, o encontro seria de grande utilidade.

— Tenho certeza de que vão concordar em ir. Eles querem me ajudar e acho que é bom manter contato. — Fez uma pausa. — Não é que eu esteja esperando... — pigarreou. — Entendo que dadas as circunstâncias, acabamos juntos na marra, e eu gostaria de ir a essa reunião com você, mesmo sabendo que não significa ir *com* você.

— Tradução, por favor?

Outro pigarreio, enquanto ele afastava alguns pequenos ramos do caminho.

— Conseguimos sair dessa juntos. Trabalhamos em equipe para isso. Mas depois, quando já *estivermos* a salvo... — Voltou a puxar os cabelos para trás. — Não sou o tipo de cara que acha que se a garota popular pede ajuda para fazer o exercício de casa é porque quer sair com ele depois da escola.

— O que isso quer dizer?

— Estou só falando... — Apertou o passo, parando algumas vezes antes de olhar para trás, seus olhos escuros encontrando-se com os meus. — Acho que você sabe do que estou falando, Katiana.

— Com certeza, espero que não, porque parece que você está dizendo que usei você para escapar e que agora vou dar o fora e fingir que não nos conhecemos.

— Você não me usou.

— Seja lá o que for. — Parei na sua frente e o encarei. — Está dizendo que sabe qual é o meu tipo, o que significa que você *me* conhece. Muito sábio vindo de um cara que ficou na defensiva quando perguntei se sabia sobre tecnologia de celulares. Caramba, nem sei mais se ainda tenho um tipo, a não ser que conheça um grupo de adolescentes vampiros.

— Não, acho que você é a única.

Ele sorriu, mas não me convenceu e eu com toda certeza não retribuiria o sorriso.

— Talvez *esse* seja o problema — falei. — Sei que não acha que sou uma patricinha burra que queria suas respostas para algum teste, mas o que o assusta é o que sou. Não estou tão certa de que quer sair com uma vampira depois da escola.

— Claro que não. Eu...

— Deixo você nervoso. Está tentando disfarçar, mas não consegue. Já saquei. E esperava por isso. Mas pelo menos seja homem para admitir em vez de apelar para desculpas esfarrapadas antes mesmo de chegar a hora para desculpas esfarrapadas.

Ele abriu a boca. Dei a volta e saí andando.

— Katiana — chamou ele o mais alto que conseguia.

Continuei andando, com rapidez, galhos quebrando-se por onde passava. Ele veio correndo atrás de mim, mas um minuto depois seus passos cessaram. Não fiquei surpresa.

Não devia ter sido tão dura com ele. Não posso culpar um cara por não querer ficar amiguinha de uma parasita. Pelo menos ele tentou, bem mais do que Chad, e bem mais do que provavelmente qualquer outro tentaria nessa minha vida. Marguerite tinha dois grupos de amigos: temporários, que não sabiam quem ela era, e vampiros. Essa era a primeira lição que havia aprendido muito tempo atrás, então era melhor que...

Ouvi um estalido atrás de mim. Não de um "galho quebrado por passos", mas de algo que quase fez o coração sair pela boca. Ouvi mais um tiro. Algo zuniu bem perto do ouvido. Uma bala penetrou o tronco de uma árvore... onde minha cabeça havia estado segundos antes.

Caí no chão. Soube que fiz o movimento equivocado no momento em que me joguei. Balas não podem me matar. Nem de chumbo, nem de ferro, ou mesmo de prata benzida com água benta. Não havia por que brincar de esconde-esconde. Mexa-se!

Saí me arrastando pela vegetação rasteira quando outro tiro zuniu perto.

Quem? Tudo bem, essa foi a pergunta mais idiota da semana. Quem estava atirando em mim? O cara com a arma, que por sorte estava sem os óculos.

Devia ter desconfiado. Deus, devia ter adivinhado. Chad estava certo. Neil estava calmo demais com toda essa história de vampiro. Totalmente tranquilo... até o momento em que começou a ficar agitado e me mandou passear.

Se não era um caçador de recompensa, no entanto, quem ele era? O que queria de mim? Isso tinha importância? Não quando havia balas voando rente à minha cabeça. Não queria nem pensar em que condição me encontraria se precisasse esperar que o cérebro cicatrizasse, depois de perder parte dele por causa de uma bala.

Engatinhei pelo chão o mais silenciosamente que pude. Os tiros pararam. O silêncio tomou conta, enquanto ele tentava me ouvir.

Eu havia sido criada para lidar com situações como essas. Triste, eu sei, ser preparada para uma vida que possa envolver balas, caçadores de recompensa e prisão ilegal. Mas Marguerite sabia o que me aguardava e se não tivesse me preparado para isso teria sido tão negligente quanto não me dar um casaco bem quente no inverno de Montreal.

Por mais que eu tivesse boa prática de autodefesa, Marguerite havia me ensinado a lição mais importante de todas: revidar era o último recurso. Sempre que possível, o melhor era correr. Pela primeira vez, no entanto, não tinha a intenção de seguir os conselhos de Marguerite.

Já havia sido enganada por Chad. Cega pela necessidade desesperada de aceitação, de amizade de garotos que sabiam quem eu era. Por isso ignorei o óbvio com Chad e, agora, ainda pior, com Neil. Não ia deixar que ele se safasse dessa.

Dei a volta, na direção de onde tinha ouvido o tiro ser disparado. Após alguns segundos ouvi sussurros. Neil falando ao celular? Torci para que fosse isso, mas quando ouvi outra voz, essa esperança morreu.

Caso Neil não estivesse sozinho, sairia correndo. Mas precisava ver mais de perto. Precisava saber quem eram meus inimigos.

Quando estava perto o suficiente para ter uma boa visão, escolhi uma árvore para subir. Sou boa nisso. Cheguei a achar que um dia acabaria me transformando em mulher gato — daí meu apelido. Obviamente não me transformei em mulher gato, mesmo assim sou uma alpinista e tanto.

Fiquei numa altura boa o bastante para estar a salvo e então me debrucei sobre um galho até conseguir avistar três pessoas. Dois homens que não conhecia e Neil. Os homens conversavam com ele. Apurei a audição para ouvi-los. Como não consegui escutar nada, debrucei-me um pouco mais. E mais um pouco.

O galho estalou. Gelei. Neil ergueu o rosto. Nossos olhos se encontraram. Ele abriu a boca e soltou um palavrão.

— O quê? — disse um dos homens.

— Acertaram — respondeu Neil, desviando o olhar.

— Disse que vocês devem ter acertado ela. Ela deve ter

ido procurar ajuda. — Olhou para cima e disse mais alto: — *Procurar ajuda.*

Ele se virou e vi que suas mãos estavam *atadas nas costas.*

Bem, isso mudava tudo. Por mais que adorasse a ideia de saltar da árvore, ser a heroína, salvar o cara, não era uma idiota. Dois homens armados contra uma adolescente de 16 anos? Lutadora de artes marciais ou não, as chances eram muito pequenas para que eu arriscasse. Era melhor ir buscar reforço com Marguerite.

Recuei. O galho estalou novamente... e dessa vez os dois homens ouviram.

Uma arma foi apontada para mim. Pulei para a árvore seguinte. Consegui agarrar um galho. Meu peso então fez o galho produzir um tremendo ruído.

Caí bem em cima de um dos sequestradores de Neil. Ele foi ao chão e eu por cima. Neil chutou o outro cara bem nos joelhos, que tombou. Outro golpe de quebrar osso no queixo o fez cair para trás.

Meu oponente caiu com facilidade, mas não ficaria deitado. Rolamos no chão... ele tentando pegar a arma e eu, enfiar meus caninos nele... e então ambos alcançamos nossos objetivos quase que ao mesmo tempo. A arma dele era mais rápida. A minha, mais assustadora, então, quando o mordi, ele entrou em pânico e atirou a esmo, e a bala passou rente ao meu braço. Foi seu último tiro.

O que brigava com Neil estava dando ainda mais trabalho. Isso acontece quando se está com as duas mãos atadas. Assumi o controle da situação. Foi uma briga rápida. Bastou mostrar os caninos afiados, escorrendo sangue, e qualquer um acharia que sou mil vezes mais poderosa do que um tigre, com caninos capazes de esfacelar um braço. O homem correu de costas. Com um chute, Neil conseguiu tirar a arma da mão do sequestrador. Saltei para cima dele. Fim de jogo.

Quando me levantei após sedar o segundo homem, Neil disse em voz baixa?

— Por quê?

— Porque são uns babacas — disse, e fui em sua direção para soltá-lo. — Uns babacas gananciosos.

— Não me refiro a isso.

Ele me lançou um olhar que dizia tudo: por que não me alimento deles?

Olhei para o homem inconsciente. Por que não? Ali estava minha última chance de ver se faria alguma diferença. Com Chad, poderia dizer que não gostava da ideia de me alimentar de alguém que conhecia. E não gostava da ideia de vingança. Não gostava da ideia de que me tornaria exatamente o monstro que ele achava que eu fosse.

Mas por que não esses caras? Por que não queria que Neil me visse? Nos poucos minutos que achei que ele havia me traído, me dei conta de como desejei que ele me aceitasse do jeito que eu era. Que alguém da minha idade me dissesse: "Sei o que você é e não me importo."

Teria que viver assim? Com vergonha do que eu era? Obrigada a esconder minha pior parte, mesmo de alguém que sabia a verdade? Não. Continuava a ser a mesma pessoa de sempre, e se pessoas como Neil não conseguiam lidar com o lado feio da minha nova vida, não havia nada que eu pudesse fazer. Nada que *devesse* fazer. O que me aconteceu não era minha culpa.

— Deveria — falei.

— Deveria, sim.

— Você vai...? — pigarreei. — Vai ficar olhando? Quero dizer, não ficar *observando*, mas ver se ele está bem. Ter certeza de que não vou... passar da conta?

— Boa ideia.

Curvei-me sobre o homem e então me posicionei de forma que Neil pudesse checar os sinais vitais sem que pudesse me ver bebendo o sangue. Esquisito. Bobo também, e bastou eu começar a beber o sangue para me esquecer disso. Depois de todos aqueles copos de sangue requentados como donuts dormidos. Era isso que havia desejado. O que precisava. Não era apenas uma refeição. Era... não sei como descrever. Era como se estivesse comendo a comida mais deliciosa do mundo, sentada na cadeira mais confortável, escutando minha música preferida.

Estava tão em transe que me esqueci de ser cuidadosa. O homem sob mim não era um homem. Sequer comida. Ele havia deixado de existir. Fui tomada pela experiência e quando o êxtase finalmente diminuiu e me dei conta do que estava fazendo, fiz um movimento tão brusco para trás que o sangue jorrou da jugular.

— Precisa fechar! — começou a dizer Neil.

Curvei-me e lambi a ferida. Sob minha língua ainda pude sentir forte a pulsação do homem. Ouvi sua respiração e então abri suas pálpebras e Neil disse:

— Está tudo bem, Katiana. Eu estava olhando. Ele está bem.

A sensação era de que estava bebendo seu sangue havia horas, mas o homem nem pálido estava. Respirei aliviada.

— Sente-se melhor? — perguntou Neil.

Fiz que sim, e então sequei a boca e me certifiquei de que os caninos haviam voltado ao normal.

Neil se agachou na minha frente para ficar na minha altura.

— O que disse mais cedo não foi para irritar você. Estava apenas... — Ele esfregou a nuca. — É que já fui aquele tipo de cara... o que acha que se a garota é legal com você e pede ajuda para fazer o exercício de casa é porque isso significa alguma coisa. Quebrei a cara e não gosto de quebrar a cara, por isso agora evito passar perto delas.

Olhei bem para ele.

— Aposto que perdeu várias garotas que queriam, *sim*, conhecer você melhor.

— Talvez.

— Provavelmente.

Ele olhou para baixo, bochechas ruborizadas, e vi o sangue subir para o rosto, vi seu pescoço pulsar, o coração acelerar e me deu vontade de chegar mais perto. Mas não para mordê-lo. Não vi comida ali. Não senti cheiro de comida. Vi Neil, e só pensei em me inclinar em sua direção e beijá-lo.

Mas não fiz isso. Oh, eu faria, quando fosse o momento certo, o que não era agora. Nesse momento a única coisa que importava era que conseguia olhar para ele e ver um cara interessante e sentir o que teria sentido seis meses antes.

Sorri e ele perguntou·

— O que foi?

— Nada — respondi, então fiquei de pé e, antes que tivesse tempo de dizer mais alguma coisa, ouvimos o som de um carro passar.

— Será que é a nossa carona? — perguntei.

— Espero que sim.

— Só tem um jeito de descobrir.

Corri para o limite da floresta bem na hora de ver um carro alugado passar, uma cabeleira loura familiar no banco do motorista. Pus os dedos na boca e assoviei. A luz do freio se acendeu. Então o carro deu ré, com terra subindo enquanto o carro acelerava para trás.

Marguerite mal estacionou e saiu do carro às pressas. Correu para mim e me abraçou com tanta força que minhas costelas doloridas estalaram.

— Ai! — Tive dificuldade de me soltar daquele abraço. — Que bom que não preciso respirar.

— Você está bem? O que fizeram com você? Está machucada?

— Sou uma vampira, Mags. Não fico machucada — disse, então fiz sinal para Neil, que acabava de sair detrás de um arbusto. — Mas se quiser muito bancar a mãe de alguém, ele vai ser o meu dublê hoje.

— *Allo*, Neil — disse ela. — Tenho certeza de que não se lembra de mim, mas nos conhecemos muitos anos atrás.

— Que bom — falei. — Assim pulamos as apresentações Convidei Neil e os pais dele para o encontro em Nova York. Espero que esteja tudo bem.

— Claro. Se ele quiser ir.

Neil me olhou de relance e então para Marguerite.

— Gostaria sim.

— Tudo combinado então — respondi. — Vocês dois podem ir se conhecendo melhor enquanto dirijo até o telefone público mais próximo.

— Você não vai dirigir a lugar nenhum, *mon chaton*. Não por um bom tempo.

Quando entramos no carro, olhei para trás, na direção da clareira onde deixamos os caçadores de recompensa. Onde me alimentei como vampira de verdade pela primeira vez.

— Está tudo bem — sussurrou Neil, quando nos sentamos no banco de trás.

Fiz que sim com a cabeça e sorri. Ainda não estava tudo bem, mas ficaria. Pela primeira vez em seis meses tive certeza disso.

FRANCESCA LIA BLOCK

"E as feras do deserto se encontrarão com hienas; e o sátiro clamará ao seu companheiro; e Lilith pousará ali, e achará lugar de repouso para si."

— Isaías 34:14

Lilith

Paul Michael sempre quis fugir.

Tateou as paredes do corredor com as mãos esticadas dos dois lados, as costas curvadas sob o peso da mochila. Não havia lavado o cabelo, que estava oleoso — fios escorriam no rosto —, e algumas garotas na aula de matemática haviam feito comentários maldosos de como ele fedia. Às vezes não tomava banho de propósito, só para vê-las histéricas. Não estava nem aí para o que achavam dele. Estava sonhando com o mundo que havia criado, Trellibrium, onde o poderoso Norser derrotava as forças do mal de Kaligullo para salvar a princesa Namalie Galamara. Lindas luzes brilhavam dentro da cabeça de Paul Michael. Não precisava dessas garotas, dessa escola. Tinha coisa melhor.

Mas nem sempre era o bastante. Às vezes, Paul Michael se sentia solitário. Queria ter alguém com quem compartilhar o outro mundo. Queria uma namorada.

Outra coisa que queria, se isso não desse certo, era deixar o planeta, porque esse era um saco.

Lilith, a nova garota, caminhava pelo corredor na sua direção. Seus passos eram inseguros, como se os pés fossem pequenos demais para o restante do corpo. Paul Michael percebeu, porque olhava para o chão. Ela usava botas pretas, e os saltos batiam de leve no linóleo marrom do piso com listras brilhantes. Ele também conseguia ver suas pernas, que eram longas, e os quadris, que requebravam com graça, de um jeito felinamente predatório.

Lilith era diferente de todas as garotas da escola, achava Paul Michael. Ninguém sabia de onde vinha. Tinha cabelos pretos e olhos escuros com cílios grossos. Tinha peitos pequenos e firmes; mas não era só linda. Ela não dava a mínima para o que achavam dela. Quando saía ao sol, estava sempre com um enorme chapéu e cobria o corpo com roupas pretas. Andava só, tocando seu violão num banco, com ela mesma. Dirigia uma velha Mercedes preta e os rumores eram de que morava no carro. Era uma esquisitona, e sabia disso, e tinha orgulho disso. Paul Michael acreditava que se algum dia contasse sobre Trellibrium, ela não riria ou reviraria os olhos ou sairia andando, mas até demonstraria interesse. Talvez até o escutasse.

Paul Michael.

Ele ouviu seu nome, mas não exatamente o ouviu. Foi um som em sua cabeça. E foi de uma voz que lembrava ter ouvido na semana passada, ao esbarrar nela no gabinete do diretor, onde os dois recebiam algum tipo de sermão. Era a voz de Lilith. Como se o chamasse por telepatia, como faziam em Trellibrium.

Paul Michael parou e pegou o amuleto que levava pendurado ao pescoço. Tinha esculpida a imagem de três arcanjos. A mãe de Paul Michael havia lhe dado.

— Para proteger você dos maus espíritos — dissera ela.

Paul Michael puxou com força a corrente, tão forte que rompeu. Jogou o amuleto na lixeira. E então tirou os óculos, fingindo querer esfregar os olhos e ergueu a cabeça, deparando-se com Lilith que o encarava.

Ela lhe lançou um sorriso, como se atira um osso a um cachorro. Os caninos pontudos apareceram e seus lábios eram do tipo que não se via por aqui, neste Fim de Mundo, a não ser que você estivesse vendo a capa da revista *People* numa loja de conveniência.

Algum dia, disse-lhe ela mentalmente antes de ir embora.

Paul Michael e a mãe moravam numa casa de madeira compensada com cactos no quintal da frente. Ela era enfermeira do hospital local e trabalhava sobretudo à noite. A mãe de Paul Michael era tão boa em tomar conta dos outros que ninguém sequer pensava duas vezes se ela tomava conta direito do filho. Ele era estranho; Paul Michael sabia que isso era um consenso. Ela dava o melhor de si, mas ele era apenas estranho. Talvez tivesse herdado a esquisitice do pai, especulavam os vizinhos. Havia rumores de que era um adorador de satã maluco que havia abandonado a mãe de Paul Michael quando estava grávida. Provavelmente, estava preso em algum lugar, todos diziam. E, provavelmente, sua semente satânica cresceria e ficaria exatamente como ele. *Pobre mãe*, diziam.

Paul Michael foi se arrastando pela estrada escaldante até a escola. Os dias eram longos e quentes e ele os passava sonhando com o planeta Trellibrium. Agora também sonhava com Lilith. Talvez a visse mais tarde.

Na hora do almoço, Paul Michael se sentou fingindo escrever sobre Trellibrium no caderno, mas na verdade observava Lilith. Ela estava sentada com as pernas cruzadas sob uma das poucas árvores de jacarandá que haviam sido plantadas no campus, vestida — apesar do calor — com uma túnica preta de gola alta, calça e botas, e tocando violão. Parecia tão fresca como se a temperatura estivesse muitos graus abaixo do que realmente estava. Os cabelos pretos lhe caíam sobre o rosto e por isso Paul Michael conseguia enxergar apenas o queixo pequeno e de traços fortes, os lábios de atriz de cinema e parte do rosto saliente e pálida. Os dedos, com unhas todas ruídas, com esmalte preto gasto, eram longos nas cordas do violão, e Paul Michael imaginou aqueles dedos tocando-o. Havia lavado bem os cabelos e passado desodorante pela primeira vez em semanas. Estava até usando uma camisa limpa.

Carter e Kirk passaram por ele e Carter cuspiu no chão, ao lado dos pés de Paul Michael. Um pouco do cuspe espirrou sobre o couro marrom do sapato e o marcou de branco.

— Está elegante, cara. Não é que você tomou banho mesmo — disse Carter.

Kirk debochou:

— Não sinto o cheiro dele.

— Arranjou uma namorada ou coisa parecida?

Paul Michael escreveu furiosamente em seu caderno palavras sem sentido em letras minúsculas e indecifráveis. Em Trellibrium, a princesa Galamara havia se tornado refém do diabólico Pharmatrons.

Carter e Kirk não iam embora. Eram menores do que ele, mas Paul Michael sabia que se quisessem poderiam quebrar sua cara. Forçou-se a erguer os olhos e viu que Lilith o observava. Quase que de forma imperceptível, ela moveu o rosto positivamente. Será que ele estava imaginando? O coração disparou.

Ela estava fazendo isso mesmo?

Sim.

Lilith estava se levantando. Deixou o violão sobre a grama, pôs o chapéu de sol e os óculos escuros. Foi em direção aos garotos. Carter e Kirk entreolharam-se e deram risos nervosos. Lilith continuou caminhando daquele seu jeito precário em suas botas pretas de camurça. Ela parou na frente dos garotos. Carter e Kirk afastaram-se dela. Lilith passou os dedos pelo couro cabeludo de Paul Michael, pegou alguns fios pela mão e puxou gentilmente para que ele erguesse a cabeça e a encarasse. Os olhos dele eram azuis com pupilas mínimas e os olhos dela eram escuros, vorazes.

Carnívoros, pensou Paul Michael. *Seus olhos eram carnívoros. Luas negras.*

Em Trellibrium, Norser se preparava para resgatar Namalie.

Voltarei por você, disse Lilith. *Em breve.* E então acrescentou: *não precisa ter medo.*

Ele não ouviu a voz de Lilith, mas sabia que havia se comunicado com ele telepaticamente, da mesma forma que Namalie se comunicava com Norser. Paul Michael sentiu a grama nos dedos, que puxava da mesma maneira que Lilith puxava seu cabelo.

A grama acabaria morrendo também. Tampouco devia estar ali.

Súcubo

Paul Michael estava no escuro, deitado na cama. Havia adormecido pensando em Lilith. Ela havia saído correndo depois de ter puxado seu cabelo e desde então ele não havia mais conseguido falar com ela.

— Entre — disse, ainda dormindo. Ele costumava dizer coisas enquanto dormia e até levantar e andar às vezes. Uma vez, a mãe o encontrou nu no pé da cama dela, olhando-a de um jeito que, segundo ela, fez o sangue congelar. Então lhe deu o pingente com os arcanjos e passou a trancar a porta do quarto à noite.

Ele sentiu uma pressão no peito e abriu os olhos sem ar.

Lilith estava agachada sobre ele, equilibrando-se sobre os pés, com os cotovelos nos joelhos e as mãos no queixo. Ele notou que nunca havia visto sua pele, sempre escondida por tanta roupa. Era tão branca que quase parecia azul-claro. Ela tinha um longo pescoço, braços graciosos e longos e clavículas delicadamente delineadas que a faziam parecer um pássaro prestes a levantar voo. Os olhos pretos o olhavam famintos e os dentes estavam à mostra. Ela se ajeitou e delicadamente tamborilou com as longas unhas o pomo de adão de Paul Michael. Inclinou-se e se mexeu de modo que os cabelos pretos e brilhantes acariciassem o rosto dele.

Estava difícil para Paul Michael respirar. Ele tentou se mover, mas ela o tinha prendido. Ele a agarrou pelas pernas — a panturrilha estava fria e coberta de pequenas bolinhas. Desceu os dedos e sentiu os pés dela, cada um de um lado de seu torso. Eram ainda mais frios e tinham textura de borracha. Algo parecido a teias conectavam seus dedos.

— O que você é? — perguntou Paul Michael. Parecia que ela tinha vindo de outro lugar do espaço (talvez de Trellibrium?) para resgatá-lo. Ele ainda estava com dificuldades de respirar, mas não tinha medo. De repente o corpo tensionou-se todo e as extremidades ficaram dormentes. Ele se sentiu... o que sentiu mesmo? Sentiu-se com sorte. Sentiu que havia sido o escolhido.

— Do que você gosta mais? — perguntou Lilith. — Rainha? Bela donzela? Súcubo? Demônio da tempestade? Do vento? Súcubo? Diga.

— Você é uma deusa — sussurrou ele, e então ela se inclinou sobre ele e pressionou os dentes contra a veia no pescoço de Paul Michael, apoiando-se com força e delicadeza até que a pele rasgou e o sangue jorrou.

Uma vampira? Pensou Michael Paul. Mas não como as dos livros que as garotas da escola carregam como se fossem bíblias.

— Vou tomar só um pouco dessa vez — disse-lhe ela. — E você terá só um pouco também. E depois faremos isso novamente. — Ela fez uma pausa e enxugou o sangue da boca. — Talvez na festa do Kirk, no fim de semana?

Paul Michael fechou os olhos. Quando acordou na manhã seguinte, encontrou algumas penas negras na cama e sangue nos lençóis e na boca.

Geek

Ele resolveu ir à festa, mesmo sendo de Kirk. Paul Michael precisava ver Lilith. E depois da última noite, sentia-se diferente, mais corajoso e mais intuitivo. Ela havia feito isso nele? Os vampiros eram capazes de fazer isso? Ele tentou lembrar o que já havia lido a respeito em histórias em quadrinhos e visto em filmes de terror. Achava que isso era possível, sim...

A festa foi num rancho, com uma piscina em que a garotada mergulhava numa névoa de luz azulada. Paul Michael pegou uma cerveja do barril e olhou em volta à procura de Lilith. Viu apenas Kirk e Carter.

— Veja só quem apareceu para as festividades! — zombou Kirk.

— Deve estar procurando pela namorada — disse Carter, e Kirk deu uma risada debochada. — O gorducho entrou nos eixos. Acho até que perdeu um pouco da pança.

Carter deu um soco no estômago de Paul Michael, que se curvou devido à dor que o invadiu. Ele havia perdido peso. Mal conseguia comer desde que Lilith esteve em seu quarto, mas não sentia fome nem fraqueza. Bem, pelo menos, estava se sentindo mais forte até Carter lhe bater daquele jeito. Essa força era por causa dela, Paul Michael tinha certeza, fosse ela vampira ou não.

Por um segundo, desejou ter o pingente com arcanjos que sua mãe havia lhe dado, mesmo que não tivessem ajudado muito no passado. Lilith era a única que o tinha ajudado até hoje. Podia até tê-lo mordido como uma vampira, mas era o mais próximo de um anjo que ele já havia visto, dentro e fora da mente.

Ela estava parada perto da porta de correr de vidro, no lado de fora, à beira da piscina, riscas e losangos de luz azul tremulavam sobre sua pele. Vestia apenas um fino vestido preto de cetim, que mais parecia uma camisola, e as botas. Ele sentiu uma corrente de desejo percorrê-lo, porque era o único ali presente — tinha certeza disso — que sabia o que havia dentro daquelas botas. Para ele não era horripilante. Ele a conhecia intimamente. Sabia seu segredo.

Carter viu que Paul Michael e Lilith se olharam. Disse a Paul Michael:

— Sabe da onde vem a palavra *geek*? Deve saber, não é? *Geek*?

Kirk caiu na risada, cuspindo um pouco da cerveja na camisa.

Carter estalou os dedos sem olhar para ele.

— Vá lá pegar — disse.

Kirk saiu correndo e voltou segurando um saco. Algo dentro cacarejava e se agitava. Kirk abriu o saco e tirou uma galinha, entregando-a a Carter. O bicho bateu asas aterrorizado e tentou fugir. Carter a segurou pelo pescoço.

— O que significa *geek*, Kirk? — perguntou Carter com jeito de professor louco.

— Significa alguém que arranca a cabeça de galinhas vivas com os dentes — respondeu Kirk obedientemente. Foi para trás de Paul Michael e agarrou seus braços. Paul Michael relutou, mas Kirk era mais forte do que parecia. Seus braços finos o seguravam com força.

Paul Michael achou que fosse vomitar. Quis olhar para Lilith, mas apenas olhou o chão. Kirk o puxou bruscamente para trás e seus óculos caíram ao lado do tênis de Carter, prontos para serem esmagados.

Carter segurou a galinha bem na frente de Paul Michael para que ele sentisse o cheiro, e as penas bateram em seu rosto. Ele tentou se esquivar, mas Kirk ainda o segurava firme.

— Morde — mandou Carter. Meteu a mão no bolso e tirou um canivete. Apertou-o contra a garganta de Paul. Algumas pessoas se aglomeraram ao redor e riam de modo tenso.

Não deu para saber se era a galinha ou o quê, mas Paul Michael sentiu algo investir contra seu rosto, arranhando-o, e então Lilith apareceu.

Alguém deu um berro.

— Você não tem ideia — disse ela com uma voz bem mais rouca e baixa do que normalmente teria uma adolescente de 17 anos — de como é grande minha boca. Dava para arrancar a sua cabeça com apenas uma dentada.

Lilith tirou o canivete da mão de Carter com tanta rapidez e força que ele recuou e a ave caiu e bateu as asas desesperada no chão de terra.

E então Paul Michael conseguiu se desvencilhar de Kirk e ela alcançou sua mão, pegou-a e começou a correr. Paul Michael ouviu o som abafado de seus óculos se estilhaçando sob seus pés.

Correram por um período que pareceu bem longo, mas Paul Michael não estava muito cansado. Achou que talvez estivesse ficando mais forte. Era quase como se estivesse voando.

Quando alcançaram a rodovia, começou a cruzá-la, mas Lilith o puxou pressionando suas costas contra os seios. Ele virou a cabeça para olhá-la e um carro passou de repente, correndo loucamente ao virar a curva. Por um instante viu o farol do carro iluminá-la.

— Precisa olhar para os dois lados — aconselhou-o.

Ela era linda, pensou ele. Faria qualquer coisa por ela.

Eles atravessaram. Havia um leito seco de riacho ao longo da estrada e uma velha Mercedes preta estacionada na margem. Passaram por baixo de uma cerca com cadeado e ela o levou até o riacho. Costumava ter água abundante vinda das montanhas, a única prova de que neste *Fim de Mundo* os picos nevados eram reais, mesmo no calor do vale. Eles deitaram ali, entre as pedras do rio e a terra, olhando as estrelas.

— Por que quis ir à festa? — perguntou ele.

Ela riu. Um sorriso quase tímido.

— É quase como se fossem preliminares assistir aqueles imbecis agindo daquele jeito.

Paul Michael tirou o canivete da mão dela. Estava agarrada à arma todo esse tempo.

— O que está fazendo? — perguntou ela suavemente, sorrindo.

Ele levantou o cabelo que encobria o pescoço — pensando que teria que cortá-lo se ficasse no caminho dela — e expôs o tendão para ela. Então levou o canivete até o pescoço. Ela riu.

— Não preciso disso, bobo.

Claro, pensou Paul Michael. *Dã. Consegue dizer dentes, Paul Michael?*

Quando ela se afastou dele, o pescoço latejava, a boca de Lilith estava preta de sangue no meio da escuridão.

— Agora é a sua vez — disse ela.

O Resgate

Só aconteceu mais uma vez.
Ele acordou no meio da noite sabendo que devia ir até ela. Entrou no chuveiro e passou uma esponja áspera na pele até quase machucar. Saiu, enrolou-se numa toalha, barbeou-se. E então pegou uma tesoura, cortou os cabelos molhados e raspou o restante com uma gilete. Fez alguns cortes no couro cabeludo que enxugou com pedacinhos de papel higiênico. Vestiu uma camisa branca e um jeans, que estava largo — havia perdido barriga. Não pôs os óculos — os tinha quebrado, perdido na terra e já não precisava mais deles. Paul Michael saiu de casa e começou a correr. De repente se deu conta de que provavelmente não devia ter perdido tanto tempo se arrumando.

Ele encontrou a velha Mercedes movida a diesel estacionada na margem do rio. As bicicletas de Carter e Kirk estavam próximas dali e a mala do carro estava aberta.

Aproximou-se bem silenciosamente, impressionado com seus passos, agora tão leves, e então viu o que estava acontecendo. Carter e Kirk estavam apoiados sobre a mala. Ele pôde ver por sobre os ombros dos dois — sua visão mesmo no escuro e sem óculos havia mudado. Observavam as pernas dela, as pernas e os pés estavam nus. Paul Michael sentiu a violação dos olhos dos dois sobre suas pernas e seus pés estranhos. Ele tirou o canivete de Carter do bolso, agarrou Carter pelo colarinho e puxou-o pela cabeça, expondo o pescoço. Kirk tropeçou para trás e saiu correndo, e Lilith abriu os olhos e sorriu para Paul Michael. Ele investiu contra Carter e pressionou os dentes contra o pescoço dele, perfurando de leve a pele. Saiu sangue, e Paul Michael afastou-se um pouco e acenou com a cabeça para Lilith, que se aproximou e tomou o sangue como uma menininha que bebe água de uma fonte, recatada, pondo os cabelos para trás da orelha. Paul Michael ouviu um suave gorgolejo. O gosto do sangue de Carter permanecia salgado e pegajoso nos lábios, e ele ficou na dúvida se conseguiria se acostumar a consumir a quantidade necessária que teria que ingerir no futuro. Mas, de qualquer forma, não tinha chegado nessa fase ainda. Lilith tinha dito que levaria algum tempo. Ela terminou de beber o sangue e montou em Carter como havia montado em Paul Michael no quarto dele, mas desta vez fazendo algo rápido e complicado em seu pescoço, para em seguida jogá-lo no chão. O corpo de Carter parecia o de um Bob Esponja de pelúcia que Paul Michael tinha quando criança até ser destruído pelo cachorro que comeu todo o preenchimento. Lilith olhou para Paul Michael e seu rosto estava radiante, os lábios e as maçãs do rosto volumosos, e os olhos brilhantes. Ela o agarrou pela nuca e o beijou, deslizando a boca pelo queixo e lhe cravando os dentes no pescoço. Ele ficou excitado na mesma hora. Dessa vez ela se demorou um pouco mais. Ele sentiu lentas ondas de prazer, como se ela o estivesse tocando abaixo da cintura. Quando terminaram, ela pegou o canivete e fez um corte suicida no pulso. Ofereceu a ele, que delicadamente provou as gotas de sangue e então o lambeu sedento quando saiu mais sangue. Quando terminou, observou a ferida cicatrizar sem deixar vestígios.

Ele a encarou, e ela ficou radiante, inspirada pela luz da lua.

— O que faremos agora? — perguntou ele.

Ela inclinou a cabeça para o céu, cobriu a boca com as mãos e soltou um grito agudo. Esperaram.

Pássaros surgiram do nada na escuridão, uma enorme revoada de abutres pretos pousou sobre o corpo de Carter, observado por Paul Michael e Lilith, e o despedaçou, desaparecendo em minutos sem deixar rastro.

— E o Kirk? — perguntou Paul Michael. — Ele vai pedir ajuda e alguém vai vir.

— Ele não conseguiu chegar em casa. — Ela apertou os olhos voltados para o céu, para a última ave. — Haverá uma investigação no futuro, mas por enquanto, tenho tempo.

Eles foram para a parte de trás do carro dela e Paul Michael lhe contou sobre Trellibrium. Ela ouviu com atenção e fez perguntas pertinentes.

263

— Então Norser resgata a princesa? — perguntou ela.

Ele fez que sim, acariciando os cabelos de Lilith.

— Mas eles deviam resgatar um ao outro — comentou ela.

Ele sorriu para si mesmo no escuro. Houve um longo silêncio. Paul Michael teve a impressão de que podia escutar as estrelas crepitarem no céu.

— E você? — perguntou a ela. — Quero saber tudo sobre você. De onde veio, por que está aqui e como se tornou o que é.

Ela suspirou.

— É melhor que você me conheça apenas como sou, sem as fraquezas que já tive, para inspirar você.

— Quero saber tudo.

Lilith se virou de lado e encostou a cabeça no ombro dele. Ela parecia menor agora que ele a abraçava, longe de ser alguém capaz de matar um garoto do jeito que matou.

— Eu era apenas uma menina — começou ela. — Me achava muito feia. Os garotos viviam me xingando. Eu era mais sexy do que deveria ter sido; eu os deixava desconfortáveis. Então interiorizei todo esse poder. E esse poder, o poder da sensualidade feminina, é hard-core. Eu ia acabar me matando e poderia ter feito isso facilmente, mas aí essa pessoa apareceu na minha vida. E o chamei de Adam. Ele me transformou no que sou hoje para que eu pudesse me vingar e para que pertencesse a ele para sempre. Mas depois que me transformou, fiquei ainda mais poderosa do que ele e, quando me vinguei daqueles que me machucaram, acabei machucando Adam também. Porque não queria pertencer a ninguém.

Paul Michael não sentia isso, de jeito nenhum. Queria pertencer a Lilith. Ela se mexeu e saiu de seu abraço e então voltou a se aproximar e o envolveu em seus pequenos braços.

Depois de algum tempo ele adormeceu assim. Dela.

Lua Negra

Na manhã seguinte, ao voltar para casa, Paul Michael se olhou no espelho, mas ele não estava lá. Não estava. Olhou para o braço. A pele estava mais macia, sem pelos e quase brilhante. Paul Michael tocou o rosto. A pele estava macia no rosto também. Nenhuma espinha, nada de oleosidade. Não precisava mais dos óculos; havia deixado-os esmagados na terra na noite passada e era lá que deviam ficar. Tocou o couro cabeludo e parecia de bebê. Ele levantou o braço e cheirou a axila. Não tinha cheiro. Nenhum. Exceto talvez por uma leve fragrância de ferro e algo floral, quem sabe violeta, rosas brancas ou papoulas. Ele tinha um cheiro delicioso. Cheirava como ela.

Mais tarde, Paul Michael saiu de casa e andou pela noite. Estava um pouco mais frio, como sempre depois que o sol se punha. Um vento quente percorria a cidade, saturado de doenças e milagres. Não havia lua. Noite de lua negra. Era assim que Lilith a chamava.

Os passos de Paul Michael estavam mais leves. Sentia quase como se flutuasse, como se não tivesse órgãos pesando em seu corpo. As ruas estavam praticamente vazias. Poucos carros passavam e Paul Michael se viu entrando por trás de um arbusto, para longe das luzes dos veículos. Ele não queria luz, mas não tinha medo. Isto fazia uma grande diferença. Não tinha mais medo de nada.

Mas tinha fome.

Suas veias doíam. Estavam encolhidas e sedentas. Olhou para o braço novamente, mas não via qualquer veia na pele. Ele fez pressão no pulso e ainda assim não apareceu nada.

— Paul Michael.

Ele ouviu a voz dela, mas em sua cabeça, por isso, não tinha certeza se era ela ou não.

— Lilith?

— Vim me despedir.

Ela estava de frente para ele. Ele tentou tocá-la, mas Lilith se virou bem na hora e ele não conseguiu. Ela o olhou e sorriu. Seus dentes eram pérolas afiadas como lâminas.

— Você vai tomar o meu lugar.

— Por que eu? — perguntou, imaginando todos os garotos fortes, sensuais e bonitos que ela poderia ter escolhido.

— Porque preciso que faça isso.

— Mas por que me escolheu?

— Porque você era o que mais queria escapar. De todas as almas perdidas por aí, senti o poder da sua imaginação e da sua necessidade.

Ele se lembrou, pela primeira vez desde que aconteceu, do abismo dos olhos de Carter, o inferno dentro deles. Paul Michael seria um assassino agora e, se Lilith o deixasse, sempre completamente sozinho.

Paul se perguntou se era um castigo ou um presente o que ela lhe havia dado.

Uma coruja piou na escuridão, um som muito pior do que a morte súbita e violenta, como a destruição a qual Paul Michael agora estava condenado a visitar pelo mundo.

Ele não tinha como lhe perguntar. Ela havia desaparecido.

Este livro foi composto na tipologia Sabon LT Std,
em corpo 11,5/16,5, e impresso em papel off-white $80g/m^2$,
no Sistema Cameron da Divisão Gráfica
da Distribuidora Record.